우리, 구면이지요?

지혜사랑 288

우리, 구면이지요?

조숙진 시집

지혜

시인의 말

낯선 곳에서
길을 물었다

풀꽃에게
바람에게
구름에게

돌고 돌아 발길이 닿은 곳은
낯익은 당신의 곁

우리, 구면이지요?

차례

시인의 말 ——————————— 5

1부
갈 바람은 시침질의 틈을

우리, 구면이지요? ——————— 12

이슬 ——————————————— 13

진달래꽃 ——————————— 14

배꽃 ——————————————— 15

순리 ——————————————— 16

체면을 주워 먹고 ——————— 17

계절의 훈수 ————————— 19

창문 밖 거울 ————————— 21

봄은 쉽게 오지 않는다 ———— 23

아차, 금계국 ————————— 24

비의 체감온도 ———————— 25

참깨의 성격 ————————— 26

로렐라이 언덕 — 안굴전 가는 길 —— 27

초승달만 ——————————— 29

착각 ——————————————— 30

애기동백에게 ———————— 31

2부
두 손이 시리다

엄마 —————————————— 34

까만 추억 —————————————— 35

그곳은 늘 설렌다 —————————————— 37

닭고기 스프 —————————————— 38

가을의 변성기 —————————————— 40

말씀의 편식 —————————————— 41

마미의 부르스 —————————————— 42

벚꽃 부고 —————————————— 44

양은 냄비 —————————————— 46

재고 문자 —————————————— 47

벚꽃 장터 —————————————— 49

아버지의 언덕 —————————————— 51

노인과 조카 —————————————— 53

다리 밑 어떤 편린 —————————————— 55

두 여자의 베란다 —————————————— 57

3부
밝은 그 쪽을 향해 돌아누워

미완의 플라스틱 공식 ———— 60

여우야 여우야 ———— 62

독감 2 ———— 64

문신 ———— 65

피, 붉은 푸른 검은 ———— 67

독감 3 ———— 69

참견 ———— 71

S의 방으로부터 ———— 72

그늘의 변색 ———— 74

하얀 물결 ———— 76

용정으로 난 길 ———— 78

천지에 닿다 ———— 80

혀끝의 모의 ———— 82

격리된 병문안 ———— 84

추사를 읽다 ———— 85

4부
이유있는 변색에 불을

건조주의보 내린 사이 ———— 88

초록의 힘 ———— 90

오늘부터 8시는 ———— 92

배설 ———— 94

안구 건조증 ———— 96

세렌디피티 ———— 98

어젯밤, 안녕 ———— 99

물맛 ———— 101

작은 하늘의 일기 ———— 102

시작과 끝의 좌표 ———— 104

단절의 감각 ———— 106

발각 ———— 108

보호색 ———— 109

재즈의 취향 ———— 111

배수관 ———— 113

5부
그날 19481019

회색시대 ——————————— 116

너지놀이 ——————————— 118

기억의 처마 ————————— 120

호랑이 ———————————— 122

학교 운동장 ————————— 124

동백의 시선 ————————— 126

해설 • 조숙진 시인의 시 읽기 • 신병은 ————— 131
   — 숨겨진 서정을 엿보는 시적 공감화법

1부
갈 바람은 시침질의 틈을

• 일러두기

　페이지의 첫줄이 연과 연 사이의 띄어쓰기 줄에 해당할 경우 > 로
표시합니다.

우리, 구면이지요?

늘어진 마당이 접힌 곳
올봄 민들레 앉았던 곳
그 자리엔 시간이 거꾸로 간다

햇살이 쪼그리고 앉아
들여다보는 아침나절

깔깔깔 모여 나물 캐던
산골짜기 가재 잡던
아이들 그 속에 다 모였네

바람의 장난에 숨어 버릴까 봐
노란 대문 살며시 닫자

눈웃음 마주친
꽃과 나

우리, 구면이지요?

이슬

해뜨기 전 주워 담아야 할
식물성 메시지

막연히
내 기억의 회로에 남아 있는
양각으로 도드라진 불순물을
모조리 걷어내야 할 것만 같은

사랑에 빚진 누름이 있다

정갈한 무게다

빨려들 듯 작은 우주의 고요에
촉수를 뻗으면

어느덧 가벼워진 나는
등 뒤에 날개가 돋겠다

진달래꽃

겹겹이 감싸 안은 아린의 방
한 겹 또 한 겹 밀어내며
봄의 전설이 몸을 푸는 순간이다

바람도 숨을 멈춘다

웃을 듯 말 듯
여는 마음만큼 피어나는 얼굴

행여
바람꽃 되어 흩날릴까 봐
조바심 난 콧잔등에 땀방울 솟는다

젖은 날개옷 바르르
다가온 시선에
발그레 달아오른 얼굴

기억하는 모습 그대로
봄의 심지를 돋운다

배꽃

기러기 까맣게 울어
석양의 하늘에 칼바람을 예고했다
겨우 내내
웅크려 굴절된 검은 속셈이 바랠 때

수없는 날갯짓으로 어둠을 젖혀
종다리 하얀 울음을 물고 와
겨울의 울타리 밖으로
헤쳐모인
순백의
봄

순리

겹겹이 싸인
배춧잎 둥지에
작은 알 하나 굴러들었다

깨어나자마자
초록의 살 떼어 주었는데

한 점
또 한 점
모조리 떼어 주었는데

뼈만 남았는데

부리마저 먹어 버렸다

뻐꾸기 날아올랐다

체면을 주워 먹고

프리즘을 가로지른 빛으로
색색이 쌓아 올린 컵과일

혀끝 조바심
군침 도는 초여름 맛

욕심이 드러난 손끝
중심을 잃자
난색의 시선 겹겹이 에워싼다

화들짝 놀란 맛의 탑
와르르 무너지고

순간을 파고드는 빨간 고민
버릴까
살릴까

망설임 앞에 앉은 흑기사
냉큼 떨어진 체면 주워 먹고
살아난 체면도 얼른 따라 주워 먹고

마주 본

흰 이
견장처럼 눈부시다

계절의 훈수

지나가는 나를 힐끔 쳐다본 꽃이
돌아오는 길 또 힐끔거린다

왜 그렇게 보느냐고 눈썹을 올리자
봄 아니에요?
되레 묻는다

봄이 아닌 것 같냐고 물으니
아직 겨울인가요?
또 묻는다

왜 그러냐고 다시 물으니
표정이 아직도……

고목 나뭇가지에
늦게 피우는 꽃이라서 그렇다고 해 둘까
한겨울 찬바람에
휘둘려서 그렇다고 할까

여린 싹은
굳은 흙도 어영차 밀어 올리고
돌덩이도 둘러메치는데

>
내 표정의 행방을
거울 속의 그녀와 이야기해 봐야겠다

창문 밖 거울

물오른 엷은 그림자가 걸린
벽을 오려낸 창문 밖

아련히 실핏줄 푸른 지느러미를 달고
풍선처럼 물방울이 헤엄치자
정물의 표피엔 자연의 질감이 허리를 편다

푸름의 조절로 태어난
빛의 새 이름을 기다리는 곳에
거울이 기대어 있다

어제의 정열이 남은 햇살의 속살에서 샛노란 물을
고요를 재워 둔 나뭇잎에서는 순 초록만을 불러
두 빛의 중화가 완성되어 가는 즈음
콕, 클릭하고 싶은 그라데이션 색소가
그 거울에 있다

잎의 날숨에서 기화한 파문의 끝
온몸이 흠뻑 새 빛으로 물들면

거울 속 그녀는
깃털처럼 가벼운 날개옷의 어깨를 올리며

고삐 푼 긴 머리에
느린 춤을 시작하는 나비를 꽂는다

열린 듯 말 듯 입술의 발화
'리·세엣'

거울 앞 목마른 꽃이
목을 축이는 시간이다

봄은 쉽게 오지 않는다

x가 튼 살 사이로
손과 발을 뻗고 마침내 머리를 내밀면
x = 봄이라는 등식

물길을 찾고
꽃과 잎의 배색과
그늘의 평수를 따져보고
한 해 동안 쓸어 담을 이야기의 곳간과
추억의 당도 조절을 위한
완벽한 수를 헤아려 본다
지층을 들썩이는 수많은 숫자, 숫자들
한참 봄을 푸는 과정이다

뒷심 강한 꽃샘바람에도
계획은 어긋남이 없고
어제 들은 빗소리는 연락도 없이 나타난 오랜 친구지
이윽고, x가 보이는 한나절
햇볕을 먹은 고양이가 등을 펼친다

고요한 등식의 은근한 활동성
공식 성립의 결과다
봄의 성질이다

아차, 금계국

삼사월 벅찬 해후를 위하여
잔을 높이 들고 건배를 외쳤지
즐거움에 한 마디씩 찬사를 돌렸어
은은한 향기에 취한 사이
눈앞까지 압도하는 2막이 순식간에 펼쳐졌지
온통 푸른 조명과 초록의 휘장으로 말야

두꺼운 껍질 밑 딱정벌레 흔적들로
봄이 다녀갔음을 짐작했지
생긋거리며 뜻 모른 말을 걸던 꽃 대신
대궁이 실한 풀꽃과 낯선 이름의 꽃풀이
어린 티를 벗어버리고 빈자리를 차지했지 뭐야

작년 이맘때
황금빛으로 눈부셨던 꽃밭쯤에서
초점을 잃고 방황하는 어느 금계국
올봄을 인수 받지 못한 채 조심히 물어보더라고

1막은 끝났나요?

비의 체감온도

쏟아버린 겨울의 무게로 한층 가벼워진 하늘
촉촉한 나무도 산도 그 사이 낀 안개구름도
몸을 흔들어 물기를 털어냅니다

겨울비인가요?
봄비인가요?

봄은
새싹이 벙글기 시작한 아파트 정원수를 가리키며
포롱포롱 가벼운 새들의 소리를 들어보라 하고
콩콩 땅을 노크하는 아이들의 달음질을 보라 합니다

겨울은
당치 않다는 듯
아직 뜯기지 않은 문풍지에 눈을 주면서
엊그제 폴폴 날던 눈발을 잊었냐며
콧바람 한 방 날려 옷깃 세우게 합니다

입씨름이 한창인
비 그친 나들목에
슬그머니 경칩이 끼어들었습니다

참깨의 성격

바삭바삭 볕이 마르자
토독 톡톡
혹독한 여름을 이겨낸
별들의 자축, 폭죽 터진다

해의 부름으로
생의 작은 문을 나온 풀씨
싹을 보고서야 그 존재를 알았다
대대로 답답함을 싫어했기에
애초에 흩어뿌림을 주문했다
돌볼 틈 없는 다산에서 길러진 성품일까

줄 맞춰라 밥상머리 교육에 열 올렸지만
은둔형 고립형 내성형이 아닌
튀기 좋은 자유형의 DNA

마루 틈새에
나물 그릇 언저리에
서랍 속의 나이 잊은 깨알 씨앗

허를 찌르는 본성
빈틈으로 숨어든다

로렐라이* 언덕
— 안굴전 가는 길

몰랑** 나무 울타리
바람의 집에는 꽃바람이 산다

이건 분명 분내야
시집갈 날 찍어둔 볼 발그레한 고모 내음
향기에 가을이 낡인 채 파닥거린다

휘적휘적 아랫마을 황영감 호젓한 산책길
냄새의 조각들을 맞춰 기원을 두리번거리지만
싱숭생숭 젊은 날이 아련한 이유가
기억 속에서 길을 잃었다

언덕의 발목에서 늘였던 시간을 되감고 있는 브레이크
노란색 신호등에 취한 코끝 들이밀고
잘 닦은 본넷 위엔 구름이 몸을 뒤튼다

향내 송이송이 카메라에 넣어 보는 앳된 소녀들
자잘한 웃음소리 꽃가루에 덮이고
향기 뿜는 너의 언저리는 너를 닮고 싶어

가쁜 들숨의 절정에서 토하는 완성의 날숨

\>

휘익, 향기의 포로가 된 참새떼 너의 품속에 갇히니
우수수 꽃 그림자
나도 네 안에 안겨 버렸다

유혹의 향기 번지는 로렐라이 언덕
만리향에 어지럽다

* 라인강 중류 강기슭에 있는 큰 바위 "그 바위에 사는 물의 요정의 노
  래에 취하고 있는 동안 배가 암초에 부딪혀 물속으로 빠지고 만다"는
  전설이 있음.
** '언덕'의 여수 지방 토속어

초승달만

헐렁해서 좋다
접어 붙인 두 계절
갈바람은 시침질의 틈을 노린다

가로수 느티나무 군살 내리고
노랑 분꽃 자리를 접고 일어선다
흔들리는 그네 위 부신 조명 덮어 놓는
이완된 도시의 저녁

검은 장막 위로
느낌 좋은 달거리
선명한 무늬가 떴다

급해진 손으로 날렵하게 Alt+N
티 없이 까만 화면
또렷한 그림문자
이쯤에서 잠시 쉬어가라는
쉼표

길어진 아파트를 치우고
숱 짙은 숲 헤치고
잠시 전봇대를 눕혀 놓는다

착각

불빛이 어둠을 주시하는
으스름 저녁

모퉁이 돌아서는 산책길에서
감나무가 가리키는 서녘 하늘

눈 큰 별 하나
반짝, 반갑다면서
깜빡깜빡 내 인사를 재촉하네

그래
나는 너의 별 너는 나의 별

아니
너 말고 지구별

애기동백에게

마당과 골목을 가르는 나무 울타리
윤슬을 뿌려 놓은
눈부신 잎새 사이사이
꽃단장이 분분하구나

파수꾼의 적임자인 너를 맞아
바람 많은 길가에 줄 맞춰 세우고
주인 없는 집을 부탁했어

달을 보내고 해를 맞이하는 하루하루를
팔을 뻗어 의지하며 그늘을 키우고
마당에서 졸고 있는 남의 집 고양이와
농담도 주고받는 사이가 됐어

바닷가 외진 바람길에 서서
촘촘히 맺은 불씨 수줍은 빛깔로
시린 바람길 미리미리 데우고
발밑에 가을을 품어 주는 동안童顔의 너
바람처럼 지나가는 이들
너로 인해 창문 안까지 눈길이 번져왔어

한바탕 매운바람에

애기 눈은 더욱 밝아지고
바람을 내쫓는 햇살로
반짝반짝 눈부시게 찻잎을 채웠어

네 옆 어딘가
혹독한 겨울을 내다본 어미동백이 있어
거친 두 손을 바삐 젓고 있었던 거야

애기야, 너의 너를 잊지 말아라

2부
두 손이 시리다

엄마

방한복 겹으로 끼어 입은 창
한 뼘 제곱미터의 햇볕에
몸을 맡긴 다육이 하나

제일 잘하는 건 눕기
제일 좋아하는 건 잠자기

물맛뿐인 맹물이라도
한 모금이 간절할 텐데
말수는 시나브로 증발하고
핀 듯 진 듯 엷은 미소만

후미진 곳 이파리 시들고야
안부가 궁금해진 바람
동그랗게 감싼
두 손이 시리다

까만 추억

장맛비가 잠시 허리를 펴는 시간
키 큰 아파트 너머에서
환청인 듯 들려오는
뻐꾹 뻐꾹

뽕나무밭 사이엔 흰 수건이
팔랑대는 나비들 풀어 놓고
땅에 스며들 듯 여름을 솎아내었는데

밭 아래 갈지자 하얀 길이 자라고
미끄덩 뒤집어진 검정 고무신과
깔깔대는 아이들이
골짜기의 적막을 깨곤 했는데

배고픈 한나절

나도 따 먹고
너도 따 먹고

손톱도 옷도
활짝 웃는 입안에도
진한 고딕체로 그려낸 그림

>
뻐꾹
지워지지 않는
까만 추억이
우리 사이로 배어온다

그곳은 늘 설렌다

대쪽 파열음이 질주하는 고속도로
바람이 고삐를 늦추며 돌아 나오는 길
봄이 환하게 열렸다

먹칠한 도로의 빼꼼한 가장자리
바람만 새어 들어와도
햇볕만 살갗에 닿아도
고향에서 날아 온 추억의 발아는
순식간이지

무리 지어 앉아 쑥의 머리카락 세던 밭둑의 대화
발밑에 쏟아진 별꽃들과 향수 진한 냉이들이 휘젓던 언덕
새소리 흉내 내던 시냇물은 젖은 바짓가랑이 사이로 피
라미를 몰고…

이 봄은 그 봄이고
그 봄은 그 꽃으로 그 풀로
여전히 이 봄에 피었다

빼곡한 칼라 사진은 세월에 무력한데
유년의 흑백 사진은 갈수록 선명해
그 시절 그 들판을
봄이 되어 누비고 있다

닭고기 스프

벌컥, 연 현관문으로 기름진 냄새가 마중 나온다
유리창에 찐득하게 붙은 투박한 빛이
가스레인지 위에 구름 꽃을 피우고 있다

이를 대신하는 잇몸의 떨리는 실전
피할 수 없는 도전은
가끔 뜻밖의 열정을 낳지

하얗게 잊혔던 기억에
통마늘 몇 개 띄워 놓고
아버지는 진심을 우려내고 계시다

게미 없어 빈 맛은
안주인 부재의 맛

뜨거운 마음 한 국자 더 떠 주시는
마음만 앞서가는 손의 떨림으로
기억 속 음각의 레시피를 읽어내셨다

밥솥 물의 기울어진 저울질과 식탁 위 묵은 잔여물들의
주절거림과 토라진 색의 변장⋯⋯

>

아버지의 동선을 따라

어머니가 보인다

가을의 변성기

곤한 잠에 **빠졌던** 서랍의
트랜지스터 라디오가
아버지의 노래를 가슴에 찔러 준다

당신의 그윽한 시선이
마당 한쪽 은행나무 끝에 머물 때
밀도 높은 목소리는
딴사람 같았지
불행히도 고향에는 노래 선생님이 없었어

유전 같은 징표도 없고
보면대엔 비어있는 악보
노래할 이유를 잃어버린 나의 목소리는
계절의 성징이 도드라진다

멀리서 경적은 지척으로 달려오고
따뜻한 빛깔들이 길 위에 선명하다
좁게 열린 구름 사이로 빗방울 툿툿 떨어져
노래는 가슴에 젖어 드는데
아버지는 올봄에 노래 부르기를 멈추셨다

말씀의 편식

대낮처럼 하얀 머리 검게 감추시고도
생의 뒤로 걷는 걸음 바쁘신 어머니

현관을 들어서는 자식에게
– 애썼다

팔 부축 병원행에
– 애썼다

배웅하시며
– 애쓰겄다

꼭 쥐여 드린 종이돈이 아무짝에도 쓸모없지만
– 애썼다

찾아뵙겠다는 선약에
– 애썼다

고맙고 미안하고 열없어서
늘 삼키신 말

병목에 걸려 질겨진 말
또 뱉으신다

마미의 부르스

노래에 이끌려 갔던 그 도시의 정거장에서
아픔은 멈췄다

마미의 18번은
막혔던 배수구 툭 터지는 한숨처럼 시작한다
자 아 아 알 있거라
TV에서는 자꾸 엄마를 불러냈다

절뚝거리는 박자에
예고 없는 철로 변경이어서 더 웃프다

땡볕에 십 리 절반 오리 밭길은 열꽃이 피었지만
응어리 베어내는 아린 바람은
노래에 실려
차라리 시원했다

이름을 잃은 이름은 삭제해야 할까
나는 그 이름에 다가가지 못하고
내 돌아갈 자궁을 부르는 소리는
장벽을 넘지 못하고 갇혔다

바람구멍 숭숭 모시옷

붙잡아도 소용없는 허물

긴 강 건너 가신 님 아무 말도 없고
입가에 엷은 미소는
먼 데 생각이 고여 있었다

신축성 없는 날들 다 놓아두고
완행열차는 가볍게 하늘을 날아갔다

되감아 보는 노래는
해상도가 떨어져 간다

벚꽃 부고

모자 훌렁 벗어 던지고
볼그레한 얼굴로
무리 지어 뛰어온 봄

나는 지금 꽃피울 거야 톡톡
그럼 나도 피울 거야 톡톡톡

봄이 트는 소리
봄이 바삐 열리는 소리

향기 찾아 꽃을 줍다
꽃 따라 가신 님

물결 위를 걷는 흔들리는 황혼
현기증에 차라리 눈 감으셨네

흐르는 강물에 철철 헹구어
뽀얗게 깔아 놓은 꽃자리에

먼저 갈게요
나도 같이 가

\>
손 건네고 받으며
지친 두 몸 부리셨네

황망히 둘러멘 꽃상여
꽃그늘 끝자락에 서서
향내로 사라진 봄

한 잎 푸르르
또 한 잎 푸르르

바람 가벼운 길가에서
나는 하릴없이 그림자만 좇고 있네

양은 냄비

보글보글찌개찌개 너의 별명이야
누군가의 별명을 물려줄게
가볍다기보다는 무겁지 않지
그냥 선량하다 말할게
본체 위에 살포시 엎어본 적도 있지만
한 손으로 툭 던져도
타르륵 아귀가 맞는 그 느낌으로
모자가 잘 어울리는 한 세트야

옆구리가 쓸리기도 하고
가려워 피가 나도록 긁기도 했는데
서로 쑥을 찧고 덮어 주면서
상처를 안고 사는 것이 일상이 될 때쯤
너는 실바람에도 흔들리고 다리에 힘이 빠진다 했어
모자 쓸 생각도 가끔 잊어버리면서
서로 의지하는 것이 제일 편하다고 중얼거렸어

유품을 정리하던 날
고맙다는 마음 한 장 남기고
훌훌 떠났어
두 분의 삶을 물려받은 것처럼

재고 문자

관계자 외 출입 금지를 해제한 방에
면밀한 분류 번호

아버지에게서 떨어진 부품 속
어지러운 부유물의 퇴적은
주인과 일면식도 없는 불순물의 집합이다

모바일 장기 이용 혜택 안내이니 더 나은 서비스로 도와
드릴게요 내일을 준비하세요 생애 마감 주말 할인!

익숙한 문자들이 버려진 휴지통에
섞인 미련도 뒤적여봐야지
비밀의 통로는 짧아지는데 호기심은 길어진다

생애 마감 주말 할인! 더 나은 서비스로 도와 드릴게요 내
일을 준비하세요 마지막 기회입니다

필사적으로 손을 뻗는 광고를 외면하고
그곳을 폐쇄하기로 한다

가지 많은 종갓집 우듬지의 그림자는
서둘러 흔적을 지우고

>
미처 열어보지 못한 각 방의 언어들은
빠르게 화석이 되고 있다

벚꽃 장터

한 번 들어서면 물러섬이 없는
섬진강변은 장날이었습니다

어젯밤 켜 놓은 별빛이
맛집을 기웃거리는 한낮에도 여전히
눈이 시린 강을 건넜습니다

꽃구름 아래는 바람이 설레고
헤픈 함박웃음은 꽃잎보다 가볍습니다
크기를 가늠할 수 없이 벙근 송이송이
박하사탕 하나 가슴에 넣은 듯 하얘졌습니다

비칠 듯 말 듯 봉지마다 붙인 이름
이름을 위하여 건배를 하고
꽃을 닮아가는 사람들은
욕심을 무너뜨린 값으로 내미는 손 닿을락 말락
밀당이 즐거워 보였습니다

바람의 재촉을 듣는 둥 마는 둥 해도
벌써 어딘가에선 파장의 낌새가 보이고
길 따라 아쉬움이 하얗게 떨어져 쌓였습니다

\>

작년 이맘때,
장 구경 나섰던 두 분의 마지막 모습이
꽃에 가려져 뿌옜습니다

아버지의 언덕

홀로 집을 지키는 자물쇠의 귀가 예민해진다
익숙한 표정들이 드나들던 흔적은 사라지고
새 주인을 기다리는 집
돌담 밖 까치발 끝에 그리움이 간절하다

끝없는 바닷일을 툇돌에 벗어 놓고
닳은 문고리를 당기면
아버지가 기댄 아랫목 언덕은
부엌과 방 사이 한 겹의 벽
둥둥 파도에 흔들리는 몸을 벽에 붙이셨지

이명처럼 귓전을 휘젓던 바닷바람을 재우고
이물을 들어 올리는 너울의 닻을 내리면
살 속에 밴 짠 내만 아지랑이 피우는
아버지의 언덕

쉼 없는 호미질 부엌에서 물에 젖고
통통한 쌀알 부딪치는 소리
매운 코끝에 불씨 놓는 소리
넘치는 국 냄비 위에 몸으로 추는 덮개의 장단
불잉걸 벌건 무대를 찢는 바닷고기의 파도 소리
언덕 너머 등을 타고 올라왔어

>
노곤한 쪽잠 속 시장기를
집요하게 파고드는 낱낱의 냄새에
허험, 몸을 고쳐 앉으시면
장독대로 수둣가로 부엌 문턱을 쓸며
바쁘게 넘나드시는 몸뻬바지는
부뚜막 그을음을 닦아 서둘러 상다리를 펴셨지

기침으로 부르고 기척을 따라가며
기대고 비벼대는 늙수그레한 언덕에
반질반질 노부부가 통하는 길이 나 있었다

노인과 조카

어둠과 적막으로 소음방어 센서를 달았는데
청각은 더 파랗게 자라 올랐다

노인의 틀니를 앗긴 말소리가 급격히 늙어간다
토씨까지 흘러드는 물컹한 발음은
저쪽 보청기 없는 까만 잠을 향해
힘껏 뻗어 보는 날카로운 손짓이다

촌수의 턱을 넘고
시간의 벽을 타고 넘은
두 세월이 오랜만에 묻는 안부다
이미 친구가 된 장롱 속 이름들이 하나씩 불려 나와
잠시 들썩이다 퇴장했다

내수용 문장들은 날개를 달고
엉겼던 매듭도 풀리는 말랑말랑한 시간이 흐르는데
 창문 밖에서 찾아온 희미한 불빛과 방 안의 웅크린 어둠
처럼
 갈증 난 말과 헛헛한 웃음이 쉽게 섞였다

두 퇴로가 만나는 지점에서 마른 목을 축이는 것일까

\>

다 털린 깻대 같은 육신의 고통보다
아무리 털어도 떼어낼 수 없는 외로움의 응집일 거라는,

정신 줄은 절대 놓지 말자는 허약한 말이 들리는 듯하다

몸살 난 그리움으로 부풀어 가는 대화는
언덕에서 숨을 고르고
내리막길에서 목줄을 풀어 놓는다

소음의 물꼬를 단단히 막았던 내川 저쪽
접은 시간을 깔고 앉은 눈치 밖 신선놀음에
나는 어느새 바싹 다가앉아 있었다

다리 밑 어떤 편린

적도를 휘도는 해류에서
홀연히 떨어져 나온 고열의 편린이
동동거리는 다리 밑에 닻을 내렸나
까칠한 바람은 모래 위에 시름을 부려 놓고
평온마저 너울거렸다

무정형의 물집이
질척한 삶처럼 꿀렁거리며 흔들거렸다

돌 사이 해초가 움틀 것 같은 오늘처럼
아버지가 던져 주신 사탕 봉지가 뜻밖이었어
눈을 반짝이며 아버지의 표정을 살피던 그 날
숨조차 누르는 듯한 단칸방의 어둠이
하얀 마당에 섞이지 않고 서 있었지

퐁당퐁당
깰 수 없이 단단한 어둠을 깨고 싶은
유년의 본능 몇 알 집어 들어
수면 위에 도드라진 파장을 향해 던졌다

퐁당
한 겹 한 겹 한결같은 양파 속은

앞집과 뒷집 그리고 옆집 사는 사람들의 햇볕

퐁당
운명의 음영이 엇갈리며 흔들리는 건
우리 집 밑에 흐르는 수맥이었다

바람은 몸을 낮추어도
파문은 시작이 분명하지 않은 곳에서부터 밀려와
여전히 얇은 모래톱을 간 보고 있다
빈 조개껍데기가 세파에 흔들거린다

팅
우직하게 요동을 붙잡고 서 있는 다리 기둥에
아련한 아픔이 부딪쳤다가 떨어졌다
옹이 같은 따개비도 한 조각 떨어져 나갔다

말랑해진 햇살이 스며들고 있었다
아버지가 주신 사탕을 빨아 먹는 동안은

두 여자의 베란다

기공이 활짝 열린 아파트에 젖은 햇살이 걸려 있다
볕을 훔치는 회색의 분자에 신경이 곤두선 요즘
잔고가 급격히 낮아지는 이상 현상에
건조대의 자리다툼도 물타기 한다

나는 가장 핫한 곳에
오선을 펼치고 높은음자리표를 달았다
볕의 가시가 콕콕 찌르는 높은 도 자리에서
투명한 수건이 명랑한 장조에 가볍게 몸을 흔들면
정화된 피가 모세 혈관까지 스며들 것 같아
뒤따라 콧노래를 내다 걸었다

뜨거운 곳이 가장 깊숙한 곳이어서
어머니는 그곳에 부끄러운 조각들을 걸어 두시지
남편 삼은 아들의 백색 러닝셔츠까지
오른손에 들린 것들은
항상 시렁에 두고 싶어 하셨어
그곳은 익명의 빛이 잠깐 어슬렁대다가 사라지곤 했지
온음표가 널린 뜨끈한 돌담이 없어서
가끔 단조의 곡조가 새어 나오곤 했어

>
음지의 발싸개들을 받아야 했던 아래 첫째 줄은
잠깐잠깐 때우는 임시 분량의 볕에
마름을 갈음했다

단조와 장조가 섞여 어긋난 화음 사이를
신경이 날카로워진 햇살이 얼핏 들여다보곤 했다

3부
밝은 그 쪽을 향해 돌아누워

미완의 플라스틱 공식

나를 반기는 당신 곁에서
모두의 기쁨으로 태어났어

매끈한 머리카락에 튀는 햇살 눈이 따갑고
새로 산 옷가지들을 든 손은 행복했어
화장이 좀 진해도 괜찮았어

내가 돋보여
세상은 온통 내 것이야
정말 살 맛났어

늙는다거나 싫증이 나도 걱정 없었지
성형의 기술이 끝내줬어

내 삶의 공식은 여기까지야

길거리에서 똑같은 나를 발견하는 건
버려진 동전을 보는 일이야

어디든 던져지고 묻히고 처박혔어
내게 달라붙던 시선도 지워졌어

\>
세월의 조류를 헤엄쳐
어느 섬에서 간신히 표류를 마쳤어

그물처럼 조여듦이 없어 천국 같았어
바위에 기대고 모래 속에 몸을 파묻으며
서서히 자연이 되어갔지

발칵 뒤집힌 그 날을 잊을 수 없어
내가 주인 있는 섬*을 침략했다는군

원주민이 다 된 나를 낯선 눈으로 파헤쳤어
마녀사냥은 견딜 수 없어
헝클어진 공식의 미로를 헤매게 되었지
공식 밖의 삶은 혼란이야
외로움이야

* 트린다지섬: 브라질 남동부 화산섬으로 멸종 위기 푸른 바다거북의
  주요 산란지이며 영구보전지역으로 최근 플라스틱괴가 나타나 관심
  이 집중됨

여우야 여우야

일곱 평 방 안에 빗장이 걸립니다
문득 정지된 시간
밤의 색이 스며들자 긴장이 쫑긋 깨어납니다

하루 해도 숨는데
바깥세상은 뭔가 일을 낼 것만 같습니다
축복을 찾아 그분께 기대어 봅니다

어디선가 합창이 점점 살아납니다

여우야 여우야 뭐하니?
아무것도

여우야 여우야 무슨 생각?
……

여우야 여우야 어쩔 건데?
모르겠어

살았니, 죽었니?
글쎄

\>

잠겼던 빗장이 풀리고
고독의 마스크를 벗습니다
이른 아침부터 해방될 거라고
자유의 몸이 될 거라고
희망 고문으로 지쳐 갈 때
신음하는 관절, '음성' 통지서 받아들고
문을 나섭니다
차가운 외로움이 입안에 서걱입니다

독감 2

밤새
입술을 비집고 월담한
낯선 움직임을 살처분한 목구멍

사체 저장소의 역류 버튼을 누르자
몸체는 사정없이 요동을 친다

누운 몸을 일으켜 세우는 일이
톱니 빠진 두 바퀴의 불협화음인 것을
아침 공기 탓으로 돌린다

호흡의 음지에는
감각이 모조리 증발해 버리고
신열만은 통각을 깨워
스치는 곳마다 아우성이다

어둠은 삶 자체고
극복은 삶의 기쁨이라니

오롯이
고독만으로
밝은 그쪽을 향해 돌아누워 본다

문신

연두색 형광물감을
눈에 흩뿌리는 박스 차 한 대
검은색 도도한 어깨띠로
과감하게 한 획 삐침했더군
그 위아래로 꼬마 군병들이 절하고 있는 듯
어지러운 문신 같은 거였어

언뜻
하나뿐인 그의 인생에서
숨기고 싶은 문신은 무얼까 묻고 싶었지
봄의 그림자에 덮인 채
웃음 뒤에 가려진 채
저 문신 밑에 가려진 상처는 어떤 것일까

잊혀지는 어두운 삶의 궤적이란 없는 거거든

계절이 바뀌고 해가 바뀌면
계절에 새 뿌리를 내리고 꽃을 피우는 산야처럼
새롭게 새롭게 세월을 이어 가지
부러진 가지는 치료받고 긁힌 상처는 아물잖아

누군가의 삶에 박힌 불행의 문신은

맨발을 덮어버린 군화 자국으로
마음에 쏜 총 자국 그대로
옷자락에 가려지고 땅속에 묻혔어도
빛으로 한 발짝 나오고 싶은 간절함이 자라는 건 가봐

계절이 바뀌어도
해가 바뀌어도
결코
지울 수 없는 대물림의 표식이야

피, 붉은 푸른 검은

　모눈 속에 갇힌 크고 작고 높고 낮은 빌딩들은 숲을 이루었다 숲에는 호박을 주렁주렁 단 줄기가 뻗어나가고 있고 자장가 대신 숲을 흔드는 비트음이 푸른 피를 불렀다 지하철도 1번 출구는 초대권을 남발하고 겹치고 또 겹치는 발자국은 기다리고 있던 어둠을 몰았다 꼬리에 불빛을 단 거미들이 길을 놓았다 앞에서 건네준 불빛은 뒤로 또 그 뒤로 꼬리를 물고 어둠은 자리를 내주었다 어느새 숲에는 방사형의 길이 퍼져 있고 혈액처럼 붉은 빛이 돌고 돌았다 구석구석 마른 혈관까지 수분이 가득 흐르고 있었다

　불안을 누르고 혹은 감추고 눈에, 입술 꼬리에 행복을 내다 걸었다 잘 흐르던 혈류는 멈추기도 하고 풍선처럼 부풀어 올랐다가 잠시 생각에 빠졌다가 다시 걸어가 보기도 하였다 건물의 옥상에서 거미 한 마리가 하늘에 대고 공포탄을 쏘았다 공포가 전염되고 좁혀지는 시간에 밀려 뒤따라가다 붉은 골목을 주시했다 좁은 빨대는 피를 순식간에 끌어올릴 수 있지 사방으로 길을 탈 수 있는 거미는 미끄러지듯 사선으로 몰리다가 굳어가는 공기의 압력을 몸으로 느끼자 재빨리 벽 속에 숨었다 과열된 거미줄의 스파크와 폭발 희망은 눌리고 터지고 불빛은 순식간에 사라졌다 잠시 물러나 있던 어둠이 화산재처럼 숲을 덮쳤다

    >

    ……

  파티는 거기 없었다 목격자가 된 노래는 입을 틀어막고 소리를 잃었다 빛을 잃고 덜렁거리는 꽃의 그림자가 시선을 어디에 둘지 몰라 떨며 골목을 더듬었다 고막의 비명이 위태로운 골목의 바리케이드에 부딪혔다 늦었음을 알아챈 꽃들이 이지러진 골목은 체념한 듯 빠르게 식어갔다 빛을 끌어다 넣은 동그란 눈으로 일제히 일어서는 몽구스의 시선 끝에는 특보의 세상이 멈추어 있다 집집마다 현관문의 귀가 열리고 빈 가족의 귀가를 기다리는 시간은 어둠을 부르는 시간이었다 문 밖에서 왈칵 그리움이 밀고 들어왔다

  모눈 숲에 무방비로 퍼져 있는 골목을 들여다보는 나의 그림자는 슬그머니 뒷걸음질이다 심연의 대게가 수면 위에서 잠시 기절하듯 골목은 할 말이 없다 어느 골목이나 핏기 사라진 파란 골목이다 익숙한 골목이 낯설다 거미는 오므렸던 긴 다리를 펼 생각 못하고 눈알을 굴리고 있다 발길 끊긴 적막한 골목길에 창백한 국화가 잔해처럼 외롭다 가을 바람이 연신 머리를 조아린다

독감 3

염색약 파마약 날리는 거울 저쪽
쓰악 스악 가위질이
잡담 사이사이 추임새를 놓는다

쿨룩쿨룩
기침도 민폐가 되는 독한 시대
아낙네는 목구멍을 차단하고
스스로 자물쇠를 채운다
쿰쿰
좀처럼 재워지지 않는 기침의 이파리
자신에게 가하는 한 줌 소금 칠
***!

설탕물 반짝이는 감자와 옥수수
인심을 늘어놓은 탁자 위
오가는 말에 감칠맛을 더하는 참에

– 억지로 누르면 더 나옵디다
 시원하게 해부이다

웃음이 떼로 넘어간 목구멍 고개
요동치던 미안함이 풀썩 주저앉는다

\>
스악 쓰악
기침의 여운이 잘려 나간다

참견

두어 시간 잠을 앗긴 밤
어중간한 타협을 포기하고 불을 밝힙니다
순간적인 섬광에 딸꾹질도 멈출 듯합니다

갑자기 TV 옆 사생활 보호가 불투명해진 어항 속
구피 족의 잠자리가 궁금해졌습니다
멀찌감치 플라스틱 수초 주변
한 번도 무너진 적 없는 모래성에
오붓한 구씨 집성촌이 보입니다

잉태와 보호를 가장한 억압의 삶터에
모닥모닥 하나 되는 어울림이 있습니다
방심할 수 없는 틈
확장된 동공은 각자 밖을 주시하는 듯하지만
시선은 안으로 고정한 채
사랑으로 정지된 시간입니다

얽힌 정글의 수초 속에서
촌장이 긴 꼬리로 고요를 흔들기 시작합니다
어항 속 깊은 밤의 정적이 깨지려는 찰나
얼른 호기심을 가장한 폭력의 불을 껐습니다

창 너머 세상을 수놓는 명멸의 소음만
밤을 주시하고 있습니다

S의 방으로부터

빗방울이 엑셀을 밟자
뽀얀 운동장이 감쪽같이 사라졌다

스포트라이트 홀로 환한 방
낙서를 좋아하는 도화지들이 빛을 거두고 사라졌지만
종일 맥없는 빛 하나 제집으로 들지 못한다

중력을 배우지 못한 철부지들의 통통거림과
아직 비린내를 벗어버리지 못한 아이들의 체취가
여운처럼 S의 팔과 옷자락을 붙들고 있다

공간을 꽉 채운 소음이 차분해질 때는 언제쯤일까?
소리의 난반사로 낱낱의 생각들은 아득히 멀어져 가고
귀의 통증이 스멀스멀 자라나고 있는 방

끈질기게 폰을 타고 후비는 따끔따끔한 말의 무력武力
너
나는 당신의 '너'가 될 수 없는데

어제까지 심장을 붙잡고 있던
당신과 나눠 가졌던 그녀의 믿음이
뚜뚜뚜 —

>
님이 아니라 남이라는 확신을 확인한다

그림자 위의 당신네 아이 사랑
실체는 광기로 범벅된 집념

S는 결핍한 자신의 믿음을 자책할까 한다
더럽혀진 장화로는 꽃밭에 들어갈 수 없어서
내일은 맑은 물가로 가야 한다
얼마나 걸릴지 장담은 할 수 없다는 무거운 말

어둠 밑에 깔린 불합리의 굴림판을 딛고
날카로운 빗살 사이로 새 한 마리 날아들었다

새털보다 가벼운 메아리가
울타리 넘어 파장을 일으키기 시작했다

그늘의 변색

위아래로 주차장이 이웃하는
비탈진 생을 움켜쥔 자리

배롱나무 쥐똥나무 철쭉 멀구슬나무 그리고 감나무
섞인 틈에서 연둣빛 동안의 너를
단번에 알아차렸지

네게 주차를 부탁한 날이면
고개 들어 한 번 더 너를 올려다보는 건
잔잔한 설렘이었어

보릿대 향기 햇볕에 스며들 무렵
유년의 굽은 골목길을 돌아서면
노랗고 싱싱한 만나*의 향기는
고향을 기억하는 철새의 촉이었지

오늘 아침은

젖줄을 뗀 건지 떼인 건지
퍼런 껍질만 수두룩했다

감꽃 주우러 새벽이슬에 젖던 소녀는

뒤를 보고 또 보며
설렘을 거두었어

주차장은 요 며칠
그 자리를 그대로 비워두었고

* 출애굽한 이스라엘 백성이 광야에서 생활할 때 하나님께서 하늘로부
터 내려 준 양식(출 16:31 ……)

하얀 물결

배냇저고리 벗어 버린 민들레
노란 귀를 열고 햇살 따먹기 하는 곳
북으로 튼 오르막길을
백마를 앞세운 자작나무 숲
결기 서린 어깨로 호위하듯 나란히 선 곳

출렁이는 하얀 물결에
청춘의 빨간 피 얼룩진 함성이
태극 깃대 부동의 직립 위에 터질 듯 부풀었다

철원 북쪽 효성산 끝자락
폭우처럼 쏟아지는 포탄 아래
거친 숨소리는 절절한 기도가 되었고
고지의 표적을 쏘아보는 눈에는

반드시 지키리라
한 가지 약속으로 핏대가 붉게 섰다

전우의 튀는 피와 섞인 땀은
비가 되어 하천으로 강으로 스미고
네가 가진 것은 오직 젊음 뿐
끓는 피 기꺼이 바쳐 지킨 산정이었지

>
북으로 낸 창문 밖 지척의 땅
부르는 동무 만나러 가듯
성큼 발 내디딜 수 있기를
삼천 사백여 송이 흰 장미의 하나 된 함성 붉다

길어진 분단의 시간
산야가 우는 그 피의 값
잊지나 않았는지
이제 우리 손에서 하나가 될 때

용정으로 난 길

기억의 마디에서 길을 물었습니다

시간을 거슬러 오른 북간도 비암산
고향을 그리며 쌓아 올렸던
태극의 마음은 벅차 오는데
말 탄 등 곧은 선구자를 부르는 노래는
산 아래 너른 용정 평야를 날고 있습니다

일송정 푸르던 그 자취 사라졌어도
결기 서렸던 젊은 꿈은
바람 되어 산을 휘감았네요

시대의 찬 바람을 거슬러
척박한 벌판에 발을 묻고
드넓은 평원을 안은 용정의 아픈 그 이름
굽이굽이 세월을 이어
하얗게 바랜 해란강 가에
힘찬 말발굽 소리가 멈추어 있는 듯합니다

돌계단을 넘보는 거친 수풀 발끝에 차이는데
젖은 마음 안고 허위허위 내려오는 길

＞
꽃분홍 저고리 노랑 치마 고운 추억이
나그네 가슴에 거침없이 스며듭니다
하늘거리는 동포의 춤사위에 애잔한 곡조는
엉거주춤 이역의 삶을 걸치고
남녘에도 핀 진달래 주위를
바람처럼 맴돌고 있습니다

선구자의 꿈 따라
하나로 난 길을 보았습니다

천지에 닿다

2천7백4십4 미터의 에베레스트
천지의 개안을 노리는 사냥꾼들의 거침없는 걸음
웃음을 배낭처럼 매달고
욕망의 옷을 두껍게 차려입었지만
아무렇게나 오르는 길이 아니다

하늘을 닿을 기세로 곧추선 자작나무도
땅에서 겸손을 줍지 않는가
머리를 조아리며
탐심의 대님을 동여매고
허풍의 잠을 재우는 그 정신을 보라

오를수록 무릎 꿇는 풀꽃
비바람에 흘러내리는 마음의 옷깃을 여미고
꽃대를 곧추세운
백두 주인의 그 충성심을 보라

북에 둔 반쪽에 내디딘 간절한 남녘의 바람
고집스러운 운무의 팔을 잡고
다가서고 물러서는 질긴 줄다리기를 보라

해발 깊은 원천에서 한반도 꼭대기에 틔운 영산의 눈

닿지 않는 동족의 경계에 슬픈 기도가 서리고
암석도 삭혀버린 풍상 사이로
우러르는 소망을 차곡차곡 재어온 채
마침내 비밀이 되어버린 푸른 색의 눈

헤픈 걸음으로는
결코, 간절함이 닿을 수 없고
그 오래도록 쌓인 시간의 성벽에 오를 수 없다

혀끝의 모의

입에서 불을 뿜는 동물을 보았습니다
당신의 바로 곁에도 보입니다

물 쏘는 소방호스처럼 입이 향하는 곳에
불꽃이 입니다
기름이 뛰듯 하고 물감이 번지듯 합니다

위태로운 외줄 타기에서 추락한
출입금지 노란 밧줄로 묶인 집

파랑새가 되고 싶은 아기새들은 한없이 날갯짓하는데
밧줄 끝에서 허둥대는 가장의 몸부림
활시위를 팽팽하게 당긴 채
불화살을 단 혀끝에서 한참을 타올랐어요

배탈만 나도 그냥 가르는 세상이죠

잔뜩 숨을 부풀린 파도 한 채 덮쳐 오면
모래 속에 부유하는 불쏘시개들
잦아들다가도 걷잡을 수 없는 불바다로 다시 핍니다

어쩌다 기적처럼 살아남은 인생들은

망각의 불을 지펴
언제 사그라질지 모른 채 솟아오르는
거대한 말풍선이에요

온갖 색의 혀를 날름거리는
새 품종의 인류가
우리 안에서 태어나는 순간이죠

호흡 같은 말의 씨를 뱉으려다
꿀꺽 삼킵니다

격리된 병문안

땡볕에 바짝 마른 건태처럼
위압적인 병원은
손을 대면 부스러질 것만 같습니다

인식표를 대자 열리는 문으로
냉기가 섬뜩하게 달려듭니다

외관이 상한 대로
속이 뭉그러진 대로
칸칸의 방들에 진열된
상품의 분류가 지능적입니다

과시하듯 초대형 냉장 저장고에
프레온 가스는 쉼 없이 펌프질하고
그들은 서서히 식어가고 있습니다
보호자를 잃은 입맛도 닫혔습니다

냉기와 적막이 지키는 방에서
귤 봉지에 숨어든 강태공이
세월을 낚을 채비를 합니다

감염된 경직이 저장고를 탈출하는 순간
온탕에 던져진 개구리가 됩니다

추사를 읽다

밤을 젖히고 나온 햇살과 같은 나이
대륙의 진한 서책 향기로
든든한 아침을 챙기신 님

붉은머리오목눈이와 뻐꾸기가
스승과 제자가 될 수 있었다는 이야기는
오직 님만의 즐거움이었습니다

휩쓸던 회오리바람은
암흑의 바닥에 잠자던 붓 잡는 본능을 깨워

갓끈 풀어 휘갈긴 통한
억울해서 쓰고
어이없어 쓰고
화가 나서 쓰고
마음 달래려 쓴
팔도 곳곳의 막힘없는 묵향

넓은 도포 자락에 펼쳐진 서체는
같은 것이 없고
비슷한 것마저 없고
본 적도 없는

거침없이 내지른 바람이어서
사람마다 가슴이 벅찼지요

바람의 섬에서 어언 십 년
가슴의 회오리 잠재우고
보이는 것 너머를 볼 수 있는 혜안으로
귀향길마다 님의 향기 어지러웠습니다

세월을 지날수록 뿌리 깊어지는
높은 산 깊은 바다를 이루셨습니다

4부
이유있는 변색에 불을

건조주의보 내린 사이

시간 틈으로 손을 들이밀어
가까스로 그녀를 끄집어냈다

쓸까 말까 망설이다 집어 든 모자를 눌러 쓰고
겨울의 끝이 허술한 아파트 출입구에서 만났지
때맞춰 부는 바람에 웃음기는 날아가고
계절의 경계를 밟으며
산 아래 산책로에 들어섰어

잡풀이 막아버린 우리의 숲길을 찾느라
한바탕 긴가민가한 암호를 찍어댔지
너에겐 너의 길이 나고
나에겐 나의 길이 생겼어

갈팡질팡하는 계절 속 마른 손 흔드는 떡갈나무가 있었지
처음으로 같은 소리를 냈어 아니, 자동적인 날숨 같은
"아직 겨울이다."

"내 엄마가 돌아가셨어."

듣고 싶은 노래는 지지직거리고
건네받은 비스켓에 크림은 없었다

>

오르막 도로를 기어오르는 차들이 기합을 넣다가는
마른기침을 뱉으며 사라졌다
얼어있는 철재 그루터기에 앉자 소름이 퍼졌다
많은 말이 귓바퀴를 돌다 말고 날아가 버렸다

"다음에 또 만나."

대답이 발밑에서
바스락 부서졌다

초록의 힘

스무하루를 가득 채운
만삭된 겨울의 해산을 기다리는 산파는
코끝을 더듬어 오는 습습한 기운이
모두가 기다리는 그 순간이라 믿습니다

지문까지 파고든 흙으로 싹을 버무리고
상록의 숲에서 뽑아낸 초록 색소를 입힌 손은
촉촉한 밥 한 공기 채워 내어

머릿수건 정수리의 색소가 하얗게 구름이 된다고 해도
부지런히 떫고 쓴맛 섞고 발효시켜
든든한 초록의 먹이가 되어 주고 싶습니다

땅심 없는 초록은 있을 수 없기에
땅은 초록의 본체지요
땅을 딛고 일어난 초록은
겉과 속을 완벽하게 초록으로 바꾸는
큰 그림을 그립니다

초록으로 태어나서
초록으로 입안을 적시며
제철의 색으로 두둑이 배를 채웁니다

>

초록의 봉기는 무서운 속도로 집 앞까지 왔습니다

과연, 어머니의 힘입니다

오늘부터 8시는

창문 넘어 아침이 오는 반질반질한 길
견고한 아침 8시의 경계를 지나는 즈음

식탁 위에 어제 먹다 둔 사과 조각이
아직 잠에 취해있다

어젯밤의 수다를 기억한다든지
반찬을 추가하고 싶다는지 하는
세부 사항은
절대 떠올리지 않는다는
무언의 지침이 있었다, 다만
수업 전 빽빽한 아침의 형식을 따랐을 뿐

오늘부터 병목이 풀어진 아침 8시의
특이 사항에
탈옥하는 나비를 꿈꾸며
모로 누운 사과 조각을 끌어당겨
그 너머를 본다

베란다의 8 am 방류 기념 화분
나를 떠올리며 고른 닮은꼴이라니
찬찬히 나를 찾아 헤아려 봐야지

>
시간이 재부팅하느라 부산스럽다

물컹해진 출근 시간
일탈에서 빠져나온 부유물이 들떠 있다

배설

열병처럼 전화벨이 부르면
뛰어가 안기고 싶을 때가 있다
너와 나는 뜻밖에
같은 그리움의 체온으로 서로 안녕을 말한다
마음 바닥이 훤히 드러난
얼굴 붉히는 안녕

헤픈 입이 지써를 열었어
구멍이 뻥뻥 터지기 시작했지

배설의 기쁨이 배가 되는 때란
수문을 열고 힘차게 내려온 물이 기운 자존심으로 곤두박
질치다가
좌절할 때야
이제 남은 길만 뚜렷이 보이잖아

풍선은 비우는 방법을 잘 알고 있지
실컷 공간을 채우다가
통증이 시작되는 시점에서 마구마구 쏟아내지
남김 없는 비움은 식전 행사야
분리배출은 통과해야 할 허들이지

>

아이들이 자꾸 방방 뛰는 건
입술까지 찬 배설물을 빨리 쏟고 싶기 때문이야
배설의 만족은
집으로 뛰어 들어오는 속도를 능가해

안정된 착지가 간절한 아파트
방 안에 갇혀 있는 악다구니의
베란다는 숨구멍이야

배설에서 멀어져
누수가 심한 혀가 갈증을 예고할지라도
다시 원점에서 시작해야지

배설에의 그리움 따위가 고마운 태클이었어

안구 건조증

물을 주어도 닿지 않는 지구를
흔들어 깨우는 일이
겁나기 시작했다

눈 주위에 수분이 마르면
마른 눈 껍질이 소리를 내는
건태가 될까 봐 조바심마저 났다

어젯밤은 잠자리를 편 베개에게
닫히지 않는 문을 닫아 달라고 졸랐다

모래바람이 눈 틈으로 비집고 들어오면
마른 안구를 물에 헹구라는 짧은 처방전
한 방울의 물이 갈급해

꺼억, 트림을 뽑아낸 펌프를 붙잡고
펄쩍 뛰는 숭어의 날갯짓으로 뛰어오르고
물수리가 수면에 자맥질하는 속도에
손바닥 발갛게 불이 붙으면
마침내 콸콸 쏟아지는 물을 받아낼 수 있었다

위험에 처한 도마뱀은 꼬리를 자르고

단수가 예고된 나무는 잎사귀를 자르지
구르지 못하는 눈은 장식일 뿐
수액을 안구에 꽂아야 한다는 직감이다

드디어 자전을 시작하는 지구
어둠을 닫고 천연의 빛을 연다
원점에서 너를 본다

세렌디피티*

아직 갈무리 중인 둥근 가로등이
마른 나무에 걸려 있는
초겨울 이른 아침입니다
출근을 서두르는 검은 승용차가
조심스럽게 아파트를 돌아나옵니다
째재잭 째잭 먼지를 일으키듯
한 부리의 새들을 달고 나타나지 않았으면
그냥 지나칠 뻔했습니다
아직 눈이 반쯤 감긴 차와
뒤따르는 새들의 환한 소리가 하나 되는
순간,
승용차로 태어난 새인 줄 알았습니다
꿈처럼
나풀거리며 일어나는 소리
노래하는 생명으로 우화한 승용차
뜻밖의 발견이었습니다
화구를 챙기려고 발걸음을 재촉했습니다

* serendipity. 의도치 않게, 우연히 얻은 (좋은) 경험이나 성과를 일컫
  는 말

어젯밤, 안녕

어스름 새벽
그림자를 앞세운 움직임이 안녕이라고 말하자
거실은 마른 촉각을 곤추세운다

열두 달 내내 닦아놓은 목구멍에서
처음 듣는 짐승의 소리가
낮은 포복으로 기어 나온다

어둠의 각질이 일고 갈라져
게걸스럽게 수분을 먹어 치웠다

이런 날은
지렁이*에게 물을 잔뜩 먹여야지
빨대를 들고 기다리는 냉장고에
제빵소에서 방금 출력한 빵을 저장해 둘 순 없지

물이 가진 것의 전부인 대식구 구피나
음지에서 창백한 미소를 짓는 꽃에게
수분 타령하는 것은 궁색해

양 떼들이 달려오는 아침 식탁으로
마름과 젖음을 휘젓고 어둠에 밝음을 뒤섞어

마침내 완성한 식물성 에피타이저

아직
수평에서 수직으로 착지가 불안한 너를 깨운다
잔뜩 허물어진 눈과 입꼬리의 방전에
몇 밀리리터의 급수면 충분할까

시든 너에게
수분의 깊이로 안녕을 확인한다

* 댐핏DAMPIT, 현악기 습도 조절기

물맛

나목 사이로 휘파람 빠져나가자
마른 잎 부푸는 산잔등 밑
고이 간직해온 수액의 원석이 꿈틀거린다

실핏줄로 뽑아 올린 천연의 H_2O
인증서 동봉해 기척마다 열어준다

향기와 빛깔이 동결된 숲에서
결정結晶의 실마리를 찾는 혀끝의 긴 시간을
뭉근하게 살아 우려낸 생수
그 심성을 따라 달콤하게 타고 났다

깊이 스미는 날것의 그 맛
혀의 구석구석을 훑는 씻김의 전율을 만난다

한 잔 물의 맛은
찬물도
뜨거운 물도
단맛이라는 게 정수精髓

겨울 정수리에서
하늘과 땅을 잇는 내림의 미학을 꿈꾸며
흘러내린 물 한 잔의 참맛이다

작은 하늘의 일기

시침이 종점을 향해 한 눈금을 남긴 동안
'기분 되게 흐림'의 하루를 닦은 구정물을 버리고
서둘러 방문을 닫습니다

불현듯 하늘 아래 구름 아래 지붕 아래
수명이 다 된 천장이 눈에 들어옵니다
샌프란시스코에서 만난 묵은 친구처럼 낯익고 낯섭니다

낯섦의 저쪽에 무늬 진 그리움은
놀라 지린 쥐 오줌 자국처럼
한 올 한 올 풀려나가는 헤진 나이에도 여태 남아
추억이라고 하기엔 왠지 구겨진 손수건 같습니다

누워야 제대로 볼 수 있는 숨은 그을음은
불에 데인 흉터를 드러냅니다

셀 수 없는 눈 맞춤의 기회에도
찐빵의 소를 파먹느라 지나쳤습니다
갖다 쓰기 어색한 그리움 같은
흰 꽃핀 묵은지 냄새가 묻어있네요

하늘 아래 구름 아래 지붕 아래

검버섯 가득 핀 천장이
나를 내려다봅니다

내일 '기막히게 맑음'을 풀어헤치면

시작과 끝의 좌표

기차와 함께 밤을 달리다
아침이 하루의 끝이라고 말하는 걸 들었어

그런 일이 가능할까
창문에 비친 너에게 물었지
때마침, 바람을 일으키며 지나가는 역무원을 눈으로 가
리켰어

기차의 꼬리처럼 긴 밤
출근을 서두르며 팔다리의 긴장을 푸는데
그 가장의 퇴근길은
눈이 빨간 아침이라고

햇빛이 살아있는 한낮이면
조는 고양이처럼 눈꺼풀을 끌어 덮다가
밤바람을 거슬러 닻을 긷는 어부도
아침이면
그물에 피로를 몰고 들어오잖아

하긴, 하얀 달빛이 넘어 든 정원에서
감기는 눈 구슬렸을 이슬은
아침에야 구슬치기를 마치고 떠나니까

>
하루의 종점에 아침이 있다
귀가를 서두른다

단절의 감각

환호성이 뒤엉킨 티비 상자는 노래에 덮인 꽃밭
헤픈 눈물까지 꾹꾹 찍어내는 시간이 막을 내리자
꽃밭은 급속히 냉각된다

주섬주섬 아쉬움을 챙겨 들고
각자의 방으로 들어가
딸깍, 문을 닫는다
뒤따라간 여운의 발길이 문 앞에서 엉킨다

잠시 우리가 언제 함께 웃었나 의심하자
방 문밖 적막한 물 위에 핀 살얼음의 냉기가
문틈으로 스멀스멀 습격해 오는가 했지만

청각의 경계가 한없이 느슨해진
방 안은
커튼 밖 궁금증이
아련히 달팽이 길로 사라진다

한 줄 분량으로 가벼워진 잡념의 페이지
뒤척이는 데시벨을 다독여봐
고요하게 풀어진 방이 너를 해체할 거야

>

너는 너대로

나는 나대로

보온의 공간을 파고들며

그냥, 조금 전 노래의 뒷골목을 따라만 가면 돼

발각

맥없이 지어본 미소가 무늬가 되고
주고받은 상처가 무늬가 되고
걸어온 길이 무늬가 되고

너의 무늬로 너를 알아보고
나의 무늬로 나를 알아챘다

우리는
서로 발각되었다

보호색

민소매의 여름이 옷걸이에서 쭈뼛거리면
닫았던 옷장 문을 개방해요
생일을 맞았던 가을의 비슷한 색들은
끌리는 색을 찾아 짝짓기에 열중합니다
편식의 옷차림을 완성하죠

도로가 잿빛인 이유는
누구도 잘 받아주는 후한 색이라는군요
브레이크 밟는 가을 길에는
회색빛의 마법이 저장되어 있나 봅니다
검은색은 너무 어두워 아직은 보고 싶지 않아요
너무 많은 것을 요구해서죠, 생명까지도

가로수가 뽑아낸 다채로운 발색은
색채에 대한 고민이 낳은 결과입니다
나서거나 들이대는 것을 탓하는 이가 없는 것은
함께 물들었기 때문이죠
공원 옆 은행나무가 노랑에 집착하는 취향은
핑크에 푹 빠진 어린아이의 선택과 같죠
손만 씻어도 핑크빛 수건으로 마무리합니다

현란한 밤의 색들이 어둠 속에서 빛나듯

동물들은 털갈이에 예민해요
장식품이 될 수 있거든요

가을을 타는 무장 해제 지대
이유 있는 변색이 불을 지핍니다

재즈의 취향

낯선 와인촌에 들어섰다
격자 모양 진열장 칸칸이 어둠이 채워지자
조명들이 분장을 마쳤다

부채꼴 야자수며 이국적인 소품들이
소음이 먹힌 어둠의 가장자리에서 마임을 한다

재즈 랜드로 들어선 마법의 주문으로
벌써 팔과 다리를 풀고 어깨를 들썩거린다
파문이 끝없는 호수에 뛰어들 결정적 순간이
사뭇 간절하다

악사들이 주고받는 눈빛은
밍밍하다고 할 담백한 물감에
바람의 발끝을 담갔다가
조명의 시선이 닿는 곳곳마다 가벼운 착지
JAZZ를 옷에 새긴 한 남자의 등에 대고 도움닫기
아다지오의 붓칠로
변박 없는 그림을 그려 간다

어둠이 내려앉은 의자에 묻혀
자장가의 이불을 덮은

나를 깨우는 붉은 와인 추가
의례적 탄성이 참견이 될까 봐
박수는 소심해지고
질척한 가락은 어둠에 숨어든다

익숙한 곡조 하나 흥정이 실패한 것 같아
조심스레 좌판은 기대를 접고 있다

배수관

깨진 달걀의 끈적한 타액이 흘러내리는 소리
두 손으로 너끈히 잡아챘습니다

반반한 얼굴도 모공마다 오수를 담고 있죠
걱정은 선반 위 장식입니다
하얀 가로등 길은
미끄럼타기 안성맞춤이에요

하얗다는 것이 그림자가 없는 건 아니에요
가끔 탈골과 동맥경화가 나이를 의심케 하지만
땜질은 문명의 꽃입니다
하얌에 주름이 더 많아서 자꾸 다림질해 닳을 뻔했어요

배설의 굴곡을 지나면 아픔은 향기롭지요
가장 깊은 곳에서 토해내는
가마우지가 향기로운 새인 이유에요

아무에게나 접근을 허용할 수 없이 비밀스러워서
빈 둥지처럼 겨울나무에 걸리기도 하죠

그릇된 습관의 누적은
예정된 결과에 딴청을 부리기도 해요

어제까지의 오해가 모조리 씻기는 건 순간입니다

비워진 이 시간이 가장 하얗죠

5부
그날 19481019

회색시대

아니었어요
검은색이 아니었어요
흰색도 아니었어요
우리는 그저 색이 없었습니다

구름이 낀 잿빛 표정이면 어때요
어차피 마음은 납빛인걸
75년 세월 변함없이 색 없는 옷을 입었어요

그가 우리를 해고했던 시절
분명한 건 우리는
두 갈래의 경계선에 서 있었다는 것
증명할 수 없는 회색시대에 있었다는 것

아버지의 아버지와 그 아버지의 아들에게
줄줄이 강렬한 색을 덧입히는 동안
속살마저 뒤집어 보던 밝은 눈들이 자라났어요

그 눈이 입맛을 잃고 퇴화해 가는 때도
깜깜한 통모*를 벗으려고 앞서가는 마음 뒤에
아무도 따라오지 않았습니다

\>

화해의 탈을 벗었다 썼다
주저하는 색들은
자기만의 세상에 발을 담그고 있을 뿐이죠

흰색이 검은색이 되고 검은색도 흰색이 되고
회색이 빌딩 안에 널린 오늘도
회색지대엔 아무 일도 일어나지 않습니다

아직 마음을 내려놓을 수 없습니다
본래 색을 찾아야 하니까요

* 머리와 얼굴까지 가리도록 뒤집어씌워 일반인에게는 위압감을 죄인
　에게는 얼굴을 가리는 역할을 한다.

너지놀이

판을 까는 쪽은 대박 보장
판 밑에 깔리는 쪽은 쪽박 보장, 들어봤니

한 번 낚으면 이기는 게임을 놀이로 바꿔 놓았더군
'게임'의 검은 속내를 감추려고 '놀이'라고 한다지
늑대가 생쥐를 탐욕의 눈빛으로 응시할 때
놀이하자며 혀에 사탕 물을 바른다더군

유연한 건 눈치만이 아니야

격자무늬 칸칸이 '너'들을 하나씩 넣어 두고 뜸을 들이는
거야
점점 혼이 빠지는 눈들은 가위바위보를 양보할 뿐
이마를 겨냥한 총알이 거드름 피우다가
눈총을 쏘는 거야
마음이 먼저 날아가 맞추는 거야
너지

피할 수 있으면 재미없지
너지
너지

\>

손가락 지원 사격은 선택이야
공을 던지는 건 반칙, 끝이 무뎌서 말이야
흰색 농구화에 별 그린 팬티는 곤란해
머리 짧은 네가 총을 멋지게 쏜다면 완벽하지
담배 연기 자국이 있는 두 손가락은 제외로 해두지

살아남는 방법을 찾지만
'너'들의 시선이 모이는 곳에 안내판이란 애초에 없어
모르지 소리 없는 천둥이 있을지
이 완벽한 놀이에 목숨을 걸어봐

타임도 걸지 못한 '너'들이 쓰러질 때
덫을 놓은 '나'들의 얼굴을 보기나 했는지

싹둑 잘라버리고 싶은
흔들렸던 바람의 구간
오늘도 부대낀다

기억의 처마

앞산에 눌러앉은 무거운 구름이
종일 쑤신 다리 주무르고 있는 날이면
비감하게 젖어 드는 것이 익숙한 J는
어두운 기억의 처마 밑을 찾아 들었다

오금이 저려오는 사이로
방황하는 흑백 사진 속 젊은 아부지의 발자국이
빗길에 어지럽게 찍혔다
너!
급체하여 막힌 숨길 가슴에 바위로 앉아
지워지지 않는 문신이 뿌리 깊게 자랐다
떠돌다 떠돌다 칠십 오 년 백발 된 바람이 머문 곳
마래산 끝 해안가
날마다 숨죽여 해를 맞이하는 넋……

낮은 처마 밑 어두운 삶에서
두려움이 몸에 절은 이유를 물어왔고
천둥처럼 그르렁거리는 속울음을 터득했다

빛 한 줌 구걸하는 창밖으로
지나가는 발들이 어깨를 밟고 또 밟아도
한 번만이라도 펴고 싶은 날갯죽지의 아픔은

살아지는 날을 위한 지지대였다

뜨겁게 녹여 뽑아내야 할 굳은 옹이가
자꾸 낮아지는 처마 밑에
아직도 웅크리고 앉아 있다

호랑이*

어흥!

하늘의 경계를 허물고
손끝에 납덩이를 매단 거대한 파도가 덮쳐 온다

방안으로 성큼 들어서는 시퍼런 눈빛
근육질의 장대비를 땅에 꽂았다

천둥은 확성기의 스위치를 올리고
번개는 연달아 셔터를 눌렀다

틀린 적 없는 불길한 예감이어서
뜰은 긴장이 훌쩍 자랐다
풀들은 숨죽이고 비명마저 물러섰다

호랑이다
호랑이 왔다

토하라
빨강 혹은 파랑
숨길 게 있다는 건 내놓을 게 있다는 것

>
기억하는 악몽을 다시 꾸는가
예리한 칼날의 춤사위는 하늘에 닿았고
휘모리 바람에 모두가 쓰러진 밤

초록은 수심愁心 깊은 곳에 잠겼다
웃자란 초록은 꺾이고
벼락 맞아 나가떨어졌다

호랑이 왔다
호랑이가 왔다

믿었던 관리인이 서슴없이 잘라버렸다

핏물 냄새가 퍼졌다

비 갠 바리케이드 안으로 잔디가 더없이 단정했다

* 제5연대를 지휘했던 김종원 대위. 1948.10.26. 여수탈환작전 이후
  봉기군과 봉기군 협력자 색출 과정에서 악랄하고 무자비하게 민간인
  을 학살하는 데 앞장서 악명을 떨쳤음.

학교 운동장

흉흉한 소문으로 꿈자리 뒤숭숭하더니
검은 연기와 함께 불길한 불길이
넓은 학교 운동장 밖으로 담을 쳤다

겸손의 미덕으로 넘던 학교의 문턱을
공포와 억압의 완장이 먼저 와서 기다렸다
무력의 새 학칙에 영문모른 학생은 무릎을 꿇고
죄인이 만들어지는 오해의 틀에 꿰어
운동장은 곡 없는 초상집으로 변해 버렸다

예
아니오

현실은 부서져 거부할 수 없는 두 개의 잔해뿐이었으니
그마저

아니 아니 도리질은 예
말 없음도 예
아니오도 예

어리둥절 해하는 사이 눈치도 못 배우고
군기 서린 프로크루스테스의 자*에 맞춰 재단됐다

세상이 온통 한 가지 색으로만 드러났어

꼿꼿이 등을 세우고 깃발을 응시하는 매운 눈초리로
힘차게 돌진하는 기마병과 펄럭이는 만국기의 함성이
둥둥둥 서로의 힘을 돋우어
구봉산을 두드리고 장군산과 종고산을 울리던 곳

그곳은 썩고 악취는 코끝에서 무뎌졌다

일시 : 1948. 10. 27~
장소 : 여수서국민학교 운동장 외

플래카드에 박힌 각인

그날의 하나 된 아픔의 통각
지금도 고스란히 느끼고 있다

* 프로크루스테스의 침대(자): 프로크루스테스의 이야기에서 유래된
  말로 자기 생각에 맞추어 남의 생각을 뜯어 고치려는 행위, 남에게 해
  를 끼치면서까지 자신의 주장을 굽히지 않는 횡포

동백의 시선

1.

그해, 가을은
너무 일찍 겨울이 왔소
검은 구름에 덮인 도시는 가위에 눌렸지
남녘의 한바탕 차가운 바람은 마법이었소
창문 밖 도사린 성에에 데인 어깨처럼
시리고 아렸소
아린의 밖은 아직 시끄러웠소

2.

쿵쿵
발자국 소리 가슴에 철심을 박고
귀가 먹먹해지는 방아쇠 소리는
찢어질 듯 날카로운 명령이었소

천형처럼 좁아진 어깨 굽은 허리
엉거주춤 꽃을 피우지 못한 이유가 되었소

무장해제 할 것도 없는 헐렁한 땅에
뿌리 내린 우리는 동백의 후손
비틀거리는 물결과 다독거리는 동백을 밴 바람
속엔 자칫 건들면 쏟아질 악몽의

편린이 덕지덕지 묻혀 있소

3.
푹
찔러 보면 보리도 나오고 콩도 나왔지만
핏물도 나와 버렸던 예리한 칼끝
세상이 변하면 변한대로
물들어 사는 것이 입이 고픈 사람들의 죄인지라
빨강과 파랑을 구별 못한 게 죄요
본 게 죄요 숨긴 게 죄요 들킨 게 죄가 됐지
두 손으로 두 팔로 아니 가슴으로
피붙이 죽음의 문턱에서
총구 앞에 선 목숨은 오직 한 개

내 숨바꼭질 시절마저도
내 눈 네 눈 마주칠까 봐
질끈 감은 눈 찔린 듯 정수리가 뜨끔뜨끔했어

4.
퍽퍽
긴급심사의 거미줄에 걸린 나비
아니라우 나는 아니라우

뒤흔드는 외줄에 목숨이 날개처럼 가벼워졌소
퍽퍽
처마기둥에 매달려 콩 자루 다루듯
몰라라우 나는 몰라라우
거부할 수 없는 막다른 길
포위된 강요에
다리 밑에서 대롱거리던 누렁이가 겹쳐 보였소

5.
남녘 바다로 웃자라
섬과 바다에 휘말린 뭍의 운명으로
겨우내 꽃을 단 옷깃 매만져도 웃지 못하는
동백, 얼어버린 우리의 피는
지워지지 않는 기억의 연좌제에
정丁의 표적이 되어
댕강
댕강
발아래 붉디붉은 흔적을 남겼소
질긴 기억의 상처가 덧나는 순간이오

깨어나지 않는 우리의 꿈이여
지켜지지 않는 우리의 약속이여

>
풀리리라 봄이 되면
단단히 조여 맸던 가슴 싸개 풀 듯
한 겹 또 한 겹 풀리리라

그렇게 또 봄이 가오

조숙진 시인의 시 읽기
— 숨겨진 서정을 엿보는 시적 공감화법

신병은 시인, 문학평론가

조숙진 시인의 시 읽기
— 숨겨진 서정을 엿보는 시적 공감화법

신병은 시인, 문학평론가

조숙진의 시정신의 밑자리는 세 가지로 정리할 수 있다.

하나는 인문과 자연의 통섭에 의해 서정을 확보해 가는 아르떼, 그리고 또 다른 하나는 일상을 재발견함으로써 서정의 상상력을 확장해가는 공감, 그리고 기억의 회로를 더듬어서 낯선 상상력의 서정으로 안내하는 유추다.

신이 인간에게 부여한 아르떼는 무엇보다 연결시키는 힘이다. 인간과 인간, 인간과 세계를 연결하여 낯선 상상력으로 나아간다. 모두가 관계없다고 인지하는것을 모종의 관계가 있을지도 모른다고 생각하고 한번 연결해 보고 어떤 가치 있는 변용이 일어나는지를 엿보게 된다.

그리고 그때 일어나는 차이와 변용을 존중하면서 인간에 대한 이해를 확장해 가는 상상력을 확장하게 된다. 경험과 경험이 연결되어 끊임없이 새로운 의미체를 형성해 내는, 관념의 재구성으로서의 창작은 고정관념을 벗어나 이전과

다른 새로운 관계를 설정하고 새로운 세계를 이끌어낸다. 그래서 창작은 이것에서 전혀 다른 영역의 저것을 보는 일이고, 비유과 은유와 역설에 의해 관습적 사고의 틀을 깨어 누구도 그렇게 말하지 않았고 아무도 그런 의미로 보지 않은 새로운 풍경을 엿보는 유혹의 응시다.

그렇다고 거창한 담론이 아니라, 일상에서 일어나는 사소한 것에 대한 비밀을 헤아리고, 하나를 보이면서 둘을 감추고 둘을 보이면서 셋을 감추는 독법이다.

여기에 조숙진의 매력이 있다.

그의 시를 만나면 먼저 미술의 현대적 기법인 현대적 기법 데콜라주Décollage가 생각난다. 데콜라주Décollage는 오브제를 뜯어내거나 찢거나 해체해 가는 과정에서 드러나는 효과를 예술적 감성으로 승화시켜가는 기법으로, 오브제를 오려 붙이거나 재구성하는 미술 기법 콜라주의 반대 기법으로 세상에 눈비가 내리듯 스며든 먹빛 흥건한 한지를 뜯어낼 때마다 드러나는 먹빛의 번짐과 변화의 그림자가 자연스러운 층을 이루며 풀잎이 돋고 꽃잎이 피어나며 자연에 깃든 생명의 숨결이 살아나는 기법이다.

세상은 어느 한순간도 멈춤이 아니라, 끊임없이 구성되고 해체되고 재구성되면서 기존의 질서를 해체하고 새로운 낯선 풍경으로 나아가게 된다.

조숙진 또한 대상에 대해서 눈앞의 현상에만 급급해 하는 것이 아니라, 거쳐 온 공간과 시간의 포즈를 헤아려 보이지 않은 삶의 풍경을 되짚어내어 보이거나 감추기도 한다. 여기에는 자연과학적 발상과 인문과학적 발상의 융합과 통섭 과정을 통해 대상과 현상의 본질에 접근해간다. 그런가하면 '기억의 회로'에 남아있는 불순물을 걷어내어 대상과 현상의 숨겨진 원형을 축출해내는 방식을 취한다.

그만의 시적 발상법이다. 즉 인문학을 자연과학적인 발상으로 만나고, 자연과학적 현실을 인문학적 발상으로 전이하는 가하면, 범 우주적인 시선으로 본질을 더듬어내는 폭소노미folksonomy적인 통찰을 보여주고, 우주를 자유롭게 유영하는 통찰洞察로 전체를 환하게 내다보고 예리하게 문제의 본질을 꿰뚫어 본다.

"과학을 전혀 몰랐을 때 나는 세계를 일부밖에 보지 못했다. 타인은 물론이고 나 자신도 이해하지 못했다. 지금도 전체를 보지 못하고 인간을 다 이해하는 것도 아니다, 다만 예전보다는 더 다양한 관점에서 훨씬 많은 것을 살핀다"

유시민의『문과 남자의 과학공부』에는 과학은 사실의 집합이 아니라 마음의 상태이며, 지식의 집합이 아니라 세상을 바라보는 방법이며, 인간과 자연과 생명과 우주를 대하는 태도'라고 했다. 과학은 인문학으로 깊어지고 인문학은 과학으로 정확해지는 통섭적 관계가 될 때 비로소 세계를 보는 안목을 갖는다.

이점이 조숙진의 시적 안목이다.

시 창작은 삶의 구조, 성질, 관계, 변화를 연구하는 인문과학으로, 과학과 물리학, 생물학을 모르면 세계의 관계성과 운행, 온 생명의 관계성을 이해하는데 한계가 있다는데 동의한다. 그러한 동의 속에서 존재들을 관계짓고 투사하면서 삶의 본래적 포즈를 재발견하려한다.

세계의 모든 존재는 스스로 존재의미를 지니고 있어 어느 쪽이 다른 쪽을 결정하는 것이 아니라, 함께 서로를 결정해

가는 상호의존관계다. 어떤 사물도 관계를 떠나 독립해서
존재할 수 없고, 관계와 연결을 통해서만 의미를 가진다는
것, 존재의미는 관계의 의미라는 점에서 대상과 현상을 만
나고, 그 숨겨진 의미와 포즈에 접근해간다.

　영리하고 지적인 성찰법이다.

　　x가 튼 살 사이로
　　손과 발을 뻗고 마침내 머리를 내밀면
　　x = 봄이라는 등식

　　물길을 찾고
　　꽃과 잎의 배색과
　　그늘의 평수를 따져보고
　　한 해 동안 쓸어 담을 이야기의 곳간과
　　추억의 당도 조절을 위한 완벽한 수를 헤아려 본다
　　지층을 들썩이는 수많은 숫자, 숫자들
　　한참 봄을 푸는 과정이다

　　뒷심 강한 꽃샘바람에도
　　계획은 어긋남이 없고
　　어제 들은 빗소리는 연락도 없이 나타난 오랜 친구지
　　이윽고, x가 보이는 한나절
　　햇볕을 먹은 고양이가 등을 펼친다

　　고요한 등식의 은근한 활동성
　　공식 성립의 결과다

봄의 성질이다
―「봄은 쉽게 오지 않는다」 전문

위 시에서 'x'는 '봄이라는 등식'이고 '쉽게 오지 않는 봄'
이다. 봄은 무작정 오는 것이 아니라 'x의 틈새'에서 '물길
을 찾고, 꽃과 잎의 배색을 따져보고 이야기 곳간을 살피고
추억의 완벽한 수를 헤아린 후에야 '고요한 등식의 은근한
활동성'의 봄이 온다.

그래서 x인 봄의 성질은 공식성립의 결과가 된다.

세상 어떤 것도 허투루 그냥 오는 것이 아니라 우연을 가
장한 필연으로 세상은 돌아간다는 것은 잘 안다. 어떤 일이
시작될 때 있었던 아주 작은 변화가 결과에서는 매우 큰 차
이를 만들 수 있다는 나비효과, 브라질 나비의 날갯짓이 미
국 텍사스에 토네이도를 발생시킬 수도 있다는 이론처럼
숲속 나뭇잎에 맺힌 이슬이 햇살에 반짝이는 모습을 보면
서 강물과 바다를 바라보는 인과적 안목이다.

시는 관계의 미학이다.

우주가 하나의 생명체, 즉 온 생명이라면 그 안에 존재하
는 개개의 생명체는 세포다, 그렇게 보면 우주는 하나의 유
기체로 서로 통하지 못할 어떤 것도 없다는 것이다.

관계의 미학으로서 객관적 상관물은 대상을 그 자체로 초
점의 대상으로 삼지 않고 관계 속에서 재발견하는 일이고,
인문학적 관념을 자연과학적 대상에 투영하는 관계 속에
위치 시켜 세계를 재발견하는 일이라는 점에서 위 시「봄은
쉽게 오지 않는다」가 의미 깊게 다가오는 것이다.

바삭바삭 볕이 마르자
토독 톡 톡
혹독한 여름을 이겨낸
별들의 자축, 폭죽 터진다

해의 부름으로
생의 작은 문을 나온 풀씨
싹을 보고서야 그 존재를 알았다
대대로 답답함을 싫어했기에
애초에 흩어뿌림을 주문했다
돌볼 틈 없는 다산에서 길러진 성품일까

줄 맞춰라 밥상머리 교육에 열 올렸지만
은둔형 고립형 내성형이 아닌
튀기 좋은 자유형의 DNA

마루 틈새에
나물 그릇 언저리에
서랍 속의 나이 잊은 깨알 씨앗

허를 찌르는 본성
빈틈으로 숨어든다
　　―「참깨의 성격」전문

　참깨가 햇볕 속에서 톡톡 씨방을 터트리는 풍경 속에 내
재하고 있는 생명 현상과 움직임을 해부학적인 시선으로

성찰하고 있다. 이 시를 주목하는 것은 해의 부름으로 '토독 톡'하고 참깨가 스스로 생의 작은 문을 뛰쳐나오고, 대대로 답답함을 싫어해 애초에 흩어뿌림을 주문했었고, 돌봄 틈이 없는 다산에서 길러진 성품이고 자유형의 DNA라는 발견에 있다. 그리고 시인의 안목이 유별난 점은 '참깨'의 성격을 '허를 찌르는 본성'에 전이한 것도 그렇고, 참깨의 생태학적 성격과 인간형을 절묘하게 오브랩하여 공감하게 한 점이다.

자연과학과 인문학이 조화롭게 버물려 자유분방한 생의 모습을 유추해 낸다는 점이다. 대상을 자기화하고 자기를 대상화하는 곳에 생기는 의미정신이 삶의 재발견이기 때문이다.

시가 일상의 재발견 혹은 일상의 장엄함을 새롭게 짚어내는 것이라면 세계 내에 존재하는 모든 대상들이 각각의 보편적인 의미를 지니고 서로 만남으로서 새로운 관계의 의미로 거듭나는 일이다. 이처럼 시창작이 시인이 시적 대상과 맺어야 할 바람직한 관계개선이라는 점에서 조숙진의 시적 안목을 주목하게 된다. 왜냐하면 서정시의 원형은 일반적으로 자아와 세계의 동일성 추구, 즉 자아와 세계의 일체감에서 찾고 있기 때문이다.

늘어진 마당이 접힌 곳
올봄 민들레 앉았던 곳
그 자리엔 시간이 거꾸로 간다

햇살이 쪼그리고 앉아

들여다보는 아침나절

깔깔깔 모여 나물 캐던
산골짜기 가재 잡던
아이들 그 속에 다 모였네

바람의 장난에 숨어 버릴까 봐
노란 대문 살며시 닫자

눈웃음 마주친
꽃과 나

우리, 구면이지요?
─「우리 구면이지요」 전문

　시가 재미있고 정겹다. 한번 쯤 나도 저런 대화를 해보고 싶은 간절함이 샘솟는다. 올봄 민들레가 앉았던 마당 구석진 곳에 시간이 거꾸로 간다는 첫발상이 그렇고, 거꾸로 가는 시간의 선로를 따라가며 오랜 기억을 만나는 시적 안목도 그렇다. 그 시간의 풍경 속에 모여 있는 깔깔대며 나물캐던 아이들과 산골짜기 가재잡던 아이들도 그렇다.
　그런가하면 바람의 장난에 그 새록한 기억들이 달아날까 봐 마음속의 노란 대문을 살며시 닫자 눈웃음 마주친 꽃이 '우리 구면이지요?'라고 묻는다.
　'우리 구면이지요'
　이 한마디의 의미는 깊고도 넓다.

'통합의 안개' 속에서 형태와 힘이 끊임없이 뒤섞이며 구분되지 않는 세계에서 살며, 다른 동물도 다른 존재로 구분하지 않고 그저 겉모습이 다른 생명체로 인식하며 하나의 생명 안에 존재한다고 믿는다. 그래서 산, 폭포, 숲도 주체성이 충만한 살아있는 존재로 여긴다.

인류가 시간과 공간을 재구성하며 지구의 작용들을 사유화하여 효율성을 사회의 지배적인 주제자리에 올린 우려를 밑자리로 해 놓았다. 인간의 지혜는 하나같이 자연의 순리에서 모방하고 훔쳐온 것임을 자인하면서 자연과 함께 더불어 훼손된 본질을 복원해가야 하는 터닝포인터에 와 있다.

그래서 자연의 일부로서 어떻게 적응하고 회복하며 살 것인지를 고민하지 않으면 안 된다.

세계는 관계하고 통섭하는 관계의 인문학이기 때문이다.

지나가는 나를 힐끔 쳐다본 꽃이
돌아오는 길 또 힐끔거린다

왜 그렇게 보느냐고 눈썹을 올리자
봄 아니에요?
되레 묻는다

봄이 아닌 것 같냐고 물으니
아직 겨울인가요?
또 묻는다

왜 그러냐고 다시 물으니

표정이 아직도……

고목 나뭇가지에
늦게 피우는 꽃이라서 그렇다고 해 둘까
한겨울 찬바람에 휘둘려서 그렇다고 할까

여린 싹은
굳은 흙도 어영차 밀어 올리고
돌덩이도 둘러메치는데

내 표정의 행방을
거울 속의 그녀와 이야기해 봐야겠다
　　—「계절의 훈수」 전문

　우리 삶의 모든 게 계절의 훈수다.

　봄이 오면 온몸으로 봄을 느끼고 여름이 오면 여름을 느끼
고 가을이면 가을을 만나는 것이 순리대로 사는 삶이고 철든
삶일 것이다. 그럼에도 시인은 봄이 와 세상 모든 것들이 봄
을 완상하는데도 겨울 속에 멈춰있는 철들지 못한 자신에 대
한 성찰이다. 사소한 일상에 안겨있는 삶의 풍경을 놓치지
않고, 그 관계성을 토대로 생태학적 사유와 통섭한다.

　서정시에서의 중요한 키워드는 생태학적 사유다. 생태학
적 사유를 밑자리로 세계의 관계성을 풀어낼 때 서정의 본
질을 헤아릴 수 있다. 이것이 사람들을 건강하게 하고 즐겁
게 해주는 공감의 말하기 방식이다.

　공존과 공감,

공감은 공존에서 가능한 삶의 아름다운 가치다.

호모사피엔스인 인간은 지구상의 동료인 생명체와 공존하며 번영할 새로운 방법 탐구하지 않을 수 없다. 자연과 인간의 본질을 이해하기 위한 생명애 의식은 평등의 가장 심오한 표출이면서, 자율성이 아닌 포용성에서 비롯되는 평등이기 때문이다. 평등의 표출은 법률과 선언을 통한 인정이 아니라 가장 단순한 공감의 행위에서 비롯된다. 공감의 진화는 '내 것과 네 것'이 아닌 오직 '나와 너'로 존재한다. 모두를 위한 하나, 하나를 위한 모두다. 전부가 모여 하나가 되는 것이다. 함께하는 인류가 진정한 인간이고 개인은 스스로 전체의 일부로 느끼는 용기를 지닐 때 즐겁고 행복할 수 있다.

이것이 서정으로의 확장이다.

그는 공감회로의 회복을 통해 문화적 공감력, 생태적 공감, 거버넌스적 공감대를 마련하고 이를 통해 관계적 자아를 회복하고 서정적 상상력을 확장해간다.

프리즘을 가로지른 오색의 빛으로
쌓아 올린 컵과일

혀끝 조바심
군침 도는 초여름 맛

욕심이 드러난 손끝
중심을 잃자
난색의 시선 겹겹이 에워싼다

화들짝 놀란 맛의 탑
와르르 무너지고

순간을 파고드는 빨간 고민
버릴까
살릴까

망설임 앞에 앉은 흑기사
냉큼 떨어진 체면 주워 먹고
살아난 체면도 얼른 따라 주워 먹고

마주 본
흰 이
견장처럼 눈부시다
　　―「체면을 주워 먹고」 전문

　일상의 풍경 속에 안겨있는 삶의 정겨움을 놓치지 않고
포착한 서정이 눈부시다.
　시는 거창한 화두의 언어예술이 아니라 일상에서 만나
는 '사소한 것들의 장엄한 발견'으로서의 일상의 미학이다.
　컵과일을 먹다 떨어뜨린 과일 한 조각을 그냥 버리자니
아깝고 주워먹자니 체면이 서질 않는 상황에서 앞에 앉은
사람이 '떨어진 체면과 살아난 체면'을 주워 먹는 흑기사를
보고 서로 마주보고 환하게 웃는 사람 사는 세상의 정경이
서정적으로 안겨온다.

시를 대하는 독자의 흰 이도 견장처럼 눈부실 수밖에 없으리다.

상상력은 또한 고정관념에서 벗어나는 일이고, 자연과학과 인문학의 통섭적 안목에서 더 탄탄해지는 화법이다. 이 시 또한 '프리즘을 가로지른 오색의 빛, 군침 도는 초여름 맛, 난색의 시선' 등과 같은 자연과학적 안목이 곳곳에 자연스레 놓여 인문학적 공감을 이끌어 삶의 본래를 다시 되새기게 하는 그의 시적 배려는 그동안 보지 못한 세계를 다시 보게 되는 철든 혜안으로 자리하게 된다.

기공이 활짝 열린 아파트에 젖은 햇살이 걸려 있다
볕을 훔치는 회색의 분자에 신경이 곤두선 요즘
잔고가 급격히 낮아지는 이상 현상에 건조대의 자리다툼
도 물타기 한다

나는 가장 핫한 곳에 오선을 펼치고 높은음자리표를 달았다
볕의 가시가 콕콕 찌르는 높은 도 자리에서
투명한 수건이 명랑한 장조에 가볍게 몸을 흔들면
정화된 피가 모세 혈관까지 스며들 것 같아
뒤따라 콧노래를 내다 걸었다

뜨거운 곳이 가장 깊숙한 곳이어서
어머니는 그곳에 부끄러운 조각들을 걸어 두시지
남편 삼은 아들의 백색 러닝셔츠까지
오른손에 들린 것들은 항상 시렁에 두고 싶어 하셨어

그곳은 익명의 빛이 잠깐 어슬렁대다가 사라지곤 했지
온음표가 널린 뜨끈한 돌담이 없어서
가끔 단조의 곡조가 새어 나오곤 했어

음지의 발싸개들을 받아야 했던 아래 첫째 줄은
잠깐잠깐 때우는 임시 분량의 볕에 마름을 갈음했다

단조와 장조가 섞여 어긋난 화음 사이를
신경이 날카로워진 햇살이 얼핏 들여다보곤 했다
　　—「두 여자의 베란다」전문

　이 시는 빨래를 건조대를 중심으로 시어머니와 시인의 일
상의 관계성에 내재하고 있는 미묘한 심리를 잘 엿보고 있
다. 그 엿보기에 독자들이 능동적으로 동참하면서 시적 매
력을 더해준다. 특히 '뜨거운 곳이 가장 깊숙한 곳이어서 /
어머니는 그곳에 부끄러운 조각들을 걸어 두시지' '단조와
장조가 섞여 어긋난 화음 사이를/ 신경이 날카로워진 햇살
이 얼핏 들여다보곤 했다' 등의 언표는 매혹적인 엿보기로서
의 서정시의 본질을 말해준다. 이처럼 서정시의 본질인 언
어적 인식이 돋보이는 시의 시적 인식은 새로운 진실 (리얼
리티)의 발견이며 세계를 눈 맑게 바라보는 시적 양심이다.
　그의 시적 인식은 삶의 깊이와 넓이를 보듬어 내는 감각
이 깊고 넓다는 것이며, 삶의 후미진 곳을 파헤치고 존재의
아픈 곳을 들여다보는 촉수이며, 일상의 나른하고 심드렁
한 풍경 속에서 미세한 균열과 상처를 발견해내는 힘이다.
　여기에서 조숙진시인의 삶의 진정성과 언어부림의 힘이

출발한다.

아직 갈무리 중인 둥근 가로등이

마른 나무에 걸려 있는

초겨울 이른 아침입니다

출근을 서두르는 검은 승용차가

조심스럽게 아파트를 돌아나옵니다

째재잭 째잭 먼지를 일으키듯

한 무리의 새들을 달고 나타나지 않았으면

그냥 지나칠 뻔했습니다

아직 눈이 반쯤 감긴 차와

뒤따르는 새들의 환한 소리가 하나 되는

순간,

승용차로 태어난 새인 줄 알았습니다

꿈처럼

나풀거리며 일어나는 소리

노래하는 생명으로 우화한 승용차

뜻밖의 발견이었습니다

화구를 챙기려고 발걸음을 재촉했습니다

—「세렌디피티」 전문

　주를 달아놓은 것처럼 세렌디피티serendipity는 '의도치 않게, 우연히 얻은 좋은 경험이나 성과, 운 좋은 발견, 뜻밖의 발견'을 일컫는 말로, 우연이 주는 재미, 경험과 과학적 현상에서 나타나는 법칙이다. 그래서 '뜻밖의 재미'라는 의미도 내포한다. 경험이 누적되다보면 새로운 기회를 발견하거나 우연찮게 흥미로운 현상을 경험하게 된다.

이 시가 재미있는 것은 백마디 시 창작 원리보다 더 창작의 실제를 시인의 시적안목으로 보여주는데 있다. 출근을 서두르는 승용차가 아파트를 돌아 나오며 먹이활동을 하는 참새 무리를 날리는 풍경체험으로 '눈이 반쯤 감친 차와 새들의 환한 소리가 하나 되어, 승용차로 태어난 새'를 순간포착하게 된다. 그 순간에 시인은 뜻밖에 '나풀거리며 일어나 노래하는 우화한 승용차'를 발견한다.

아침 출근길에 만난 일상인 아침과 승용차와 새의 관계성을 내적미학으로 풀어 그 안에 숨겨진 또 다른 삶의 풍경을 보여준다.

시인은 늘 보던 일상에서 전혀 예상치 못한 상황을 만나 예전의 경험과 기억들이 복합적으로 작용하여 우리로 하여금 재미있고 새로운 상황으로 안내한다.

시 창작이 바로 세렌디피티serendipity다.

환호성이 뒤엉킨 티비 상자는 노래에 덮인 꽃밭
헤픈 눈물까지 꾹꾹 찍어내는 시간이 막을 내리자
꽃밭은 급속히 냉각된다

주섬주섬 아쉬움을 챙겨 들고
각자의 방으로 들어가
딸깍, 문을 닫는다
뒤따라간 여운의 발길이 문 앞에서 엉킨다

잠시 우리가 언제 함께 웃었나 의심하자

방 문밖 적막한 물 위에 핀 살얼음의 냉기가
문틈으로 스멀스멀 습격해 오는가 했지만

청각의 경계가 한없이 느슨해진
방 안은
커튼 밖 궁금증이
아련히 달팽이 길로 사라진다

한 줄 분량으로 가벼워진 잡념의 페이지
뒤척이는 데시벨을 다독여봐
고요하게 풀어진 방이 너를 해체할 거야

너는 너대로
나는 나대로
보온의 공간을 파고들며
그냥, 조금 전 노래의 뒷골목을 따라만 가면 돼
    ―「단절의 감각」 전문

　조숙진의 시창작의 또 하나의 키워드는 기억의 회로를 더
듬는 일이다.
　신이 유일하게 인간에게 부여한 아레떼는 연결시키는 힘
이다. 인간과 인간, 인간과 세계를 연결시켜 새로운 상상력
으로 나아가는 힘이다. 그래서 인간은 말하는 존재가 아니
라 이야기하는 존재라고 했다. 이야기는 연결의 형식이고,
연결 그 자체다. 오랜 이야기 구조인 신화, 전설, 민담도 하
늘과 땅, 신과 인간, 인간과 인간, 인간과 동식물, 과거와

현재가 서로 연결되는 이야기 형식이다. 기억의 회로를 더듬는 키워드 또한 상상력을 확장하는 모티브다.

'생각한다'는 것은 내 안에 저장된 정보가 어떤 대상과 현상을 계기로 바깥으로 출력되는 것, 혹은 내 안의 정보와 정보가 만나 새로운 정보로 출력되는, 새로운 상상력으로의 나아가는 기억의 회로를 더듬는 일이다. 기억은 내 안에 있는 정보가 그대로 출력되는 것이 아니라, 어떤 상황에서 어떤 계기로 재생되느냐에 따라 다양하게 변용되기 마련이다. 즉 동일한 기억이라해도 상황에 따라 다른 이야기의 질감으로 재생된다.

그 점에서 가만히 들여다보면 우리 주변의 사소한 모든 것들이 기적 아닌 것이 없다. 꽃이 피는 것으로 하늘의 뜻을 기억하고, 작은 풀꽃 한송이에서 삶의 신비롭고 경이로운 세계를 반추해낸다.

시창작력은 결국 '기억의 재생과 변용의 힘'이다.

세상은 상황에 따른 패턴인식일 뿐 정답이 없기 때문이다.

　　대쪽 파열음이 질주하는 고속도로
　　바람의 고삐를 늦추며 돌아 나오는 길
　　봄이 환하게 열렸다

　　먹칠한 도로의 빼꼼한 가장자리
　　바람만 새어 들어와도
　　햇볕만 살갗에 닿아도
　　고향에서 날아 온 추억의 발아는 순식간이지

무리 지어 앉아 머리카락 세던 밭둑의 대화
발밑에 쏟아진 별꽃들과 향수 진한 냉이들이 휘젓던 언덕
새소리 흉내 내던 시냇물은 젖은 바지가랑이 사이로 피
라미를 몰고...

이 봄은 그 봄이고
그 봄은 그 꽃으로 그 풀로
여전히 이 봄에 피었다

빼곡한 칼라 사진은 세월에 무력한데
유년의 흑백 사진은 갈수록 선명해
그 시절 그 들판을
봄이 되어 누비고 있다
─「그곳은 늘 설렌다」 전문

　기억의 재생이란 점에서 해마다 맞는 '이 봄은 그 봄'이고
'그 봄의 그 꽃으로 그 풀로' 이 봄을 열었다. 그러면서 유년
의 봄의 기억들이 하나 둘 재생되어 이 봄에 그 시절 봄날의
흑백사진이 봄이 되어 누비는 '재생과 변용의 힘'을 보여준
다. 그래서 해마다 봄이 되면 그곳은 늘 설레기 마련이다.
　시가 뭘까?
　살면서 만나는 풍경체험을 통해서, 그 속에 안겨있는 삶
의 표징들을 발견해서 보여주는, 세상에 대한 인문학적 말
걸기다. '시간의 틈에서 그녀를 끄집어내어' 그녀인 나의 길
을 더듬으며 걸어보면 현실을 직감하고, '땅심을 디딤돌로
기지개를 켜는 초록의 기미'를 보며 모성의 힘이 발아하는

순간이 바로 시적 순간이다.

시적인 순간은 아주 사소하고 낯익은 일상에서 낯선 이야기를 듣는 순간이다.

내 눈에 든 낯선 풍경을 주목하는 힘이 시적 안목이다.

그의 시는 단순히 기교나 솜씨를 부리지 않고 치장하고 꾸미지 않으면서 새로운 이야기를 풀어내는 '재생과 변용의 힘'으로 세상 떠난 아버지를 애상하고, 아버지의 동선을 따라 어머니가 보이고, 양은냄비를 보면서 두 분의 부모님을 생각하고, 시집갈 날 찍어둔 볼 발그레한 고모 내음을 만나고, 미끄덩 뒤집어진 검정고무신의 배고픈 한나절의 오디를 기억하고, 관계자 외 출입 금지를 해제한 방에서 재고 문자를 만나기도 하고 기억의 마디에서 길을 묻기도 한다.

홀로 집을 지키는 자물쇠의 귀가 예민해진다
익숙한 표정들이 드나들던 흔적은 사라지고
새 주인을 기다리는 집
돌담 밖 까치발 끝에 그리움이 간절하다

끝없는 바닷일을 툇돌에 벗어 놓고
닳은 문고리를 당기면
아버지가 기댄 아랫목 언덕은
부엌과 방 사이 한 겹의 벽
둥둥 파도에 흔들리는 몸을 벽에 붙이셨지

이명처럼 귓전을 휘젓던 바닷바람을 재우고
이물을 들어 올리는 너울의 닻을 내리면

살 속에 밴 짠 내만 아지랑이 피우는

아버지의 언덕

　―「아버지의 언덕」 부분

　시의 첫 구인 '홀로 집을 지키는 자물쇠의 귀가 예민해진다'에서 독자는 시의매력에 젖어든다. 아버지가 세상을 떠나신 후 비어있는 고향집은 시인에게 아버지의 흔적을 기억하는 시간과 공간이 될 뿐만 아니라 돌담 밖 까치발 끝에 머문 간절한 그리움이다. 그럼에도 시간이 지나면서 공간이 갖는 의미를 자꾸만 희미해지고 있다. 바다 일을 툇돌에 벗어놓고 닮은 문고리를 당기면 아버지가 기댄 아랫목 언덕이 되었던 벽은 그대로이고, 바닷바람을 재우고 너울의 닻을 내리던 짠내 나는 어버지의 언덕이다.

　조숙진의 기억의 소환은 내면의 감각을 일깨워 일상을 재발견하는 보는 발상전환을 위한 장치다.

　늘 접하는 일상을 되돌아보고, 일상의 새로운 면을 일깨우는 생각도구이자, 생각을 다시 생각하고, 보이지 않았던 것을 볼 수 있는 상상력을 이끄는 중요한 생각도구인 패턴인식이다.

　조숙진의 이러한 기억의 재생은 시편편마다 자리하고 있다.

　깰 수 없는 단단한 어둠을 깨고 싶은/ 유년의 본능 몇 알 집어 들어/ 수면 위에 도드라진 파장을 향해 던진다

　　―「다리 및 어떤 편린」

　상처를 안고 사는 것이 일상이 될 때쯤/ 너는 실바람에도

흔들리고 다리에 힘이 빠진다 했어

　　―「양은냄비」

　　바람의 섬에서 어언 십 년/ 가슴의 회오리 잠재우고/ 보
이는 것 너머를 볼 수 있는 혜안으로/ 귀향길마다 님의 향
기 어지러웠습니다

　　―「추사를 읽다」

　　시간 틈으로 손을 들이밀어/ 가까스로 그녀를 끄집어냈다

　　―「건조 주의보 내린 사이」

　　조숙진의 매력은 하나를 보이면서 둘을 숨기고, 둘을 보
이면서 셋을 숨기는 은유의 힘에 기댄 에둘러 말하기다. 에
둘러 말하기는 완곡어법으로 상대방을 배려하는 공감화법
이다. 보기가 공개적 시선이라면 엿보기는 은밀하게 감추
어진 비밀의 시선이다. 엿보기는 자신만의 사적인 시선으
로 문학의 개성을 확보하게 되며 자신만의 은밀한 시선으
로만 세계를 들여다봄으로써 세계에 숨겨진 비밀을 하나
둘 헤쳐내어 보여주는 생각의 도구로써 시다.

　　생각을 먹는 시는 삶은 포장이 아니라 그 자체이고 세상
을 향한 그리움이자 세상을 따뜻하게 품어주는 일이다. 그
리고 소중한 것을 하나 둘 챙겨가는 일이 시창작이라면 지
나친 포장일까.

　　그래서 시 쓰기는 내가 말해야 할 것이 무엇이고, 어떻게
말해야 할지 고민한다.

　　굳이 내용과 형식적인 측면을 구별하여 이야기 하지 않더
라도, 살아가면서 주위의 대상과 현상에서 받은 내적인 느

낌, 감정, 직관을 어떤 외적인 언어로 표현할 것인가의 문
제로부터 시작된다.

언뜻
하나뿐인 그의 인생에서
숨기고 싶은 문신은 무얼까 묻고 싶었지
봄의 그림자에 덮인 채
웃음 뒤에 가려진 채
저 문신 밑에 가려진 상처는 어떤 것일까

잊혀지는 어두운 삶의 궤적이란 없는 거거든

계절이 바뀌고 해가 바뀌면
계절에 새 뿌리를 내리고 꽃을 피우는 산야처럼
새롭게 새롭게 세월을 이어 가지
부러진 가지는 치료받고 긁힌 상처는 아물잖아

누군가의 삶에 박힌 불행의 문신은
맨발을 덮어버린 군화 자국으로
마음에 쏜 총 자국 그대로
옷자락에 가려지고 땅속에 묻혔어도
빛으로 한 발짝 나오고 싶은 간절함이 자라는 건 가봐

계절이 바뀌어도
해가 바뀌어도
결코

지울 수 없는 대물림의 표식이야
　―「문신」 부분

　문신은 감추고 싶은 내면을 포장하는 형광의 보호색이
다. 문신은 숨기고 싶은 삶의 표징인 웃음 뒤에 가려진 상
처고, 어둔 삶의 궤적이고 세월을 이어가는 상처고, 계절이
바뀌어도 해가 바뀌어도 지워지지 않은 불행이다. 누군가
에게는 태어나면서 접하는 대물림의 아픈 역사이고, 또 누
군가에게는 나의 운명과는 관계없이 어느 날 들이닥친 삶
의 왜곡과 아픈 기억의 편린이다.
　그 문신은 옷자락에 가려지고 땅속에 묻혀 틈만 나면 밝
은 빛으로 한 발짝 나오고 싶은 간절함이기도 하다.
　그래서 그가 시를 쓰는 것은 삶의 결을 거스리는 것들로
부터 벗어나 자신을 챙기는 갈증을 푸는 일이었고 새로운
기회를 갖는 용기가 되었다고, 그리고 감춤과 포장에서 벗
어나 '본능처럼 자연스럽게' '행복한 배설과 마음껏 누리는
사유의 시간'을 가질 수 있었다고 고백한다. 문신을 지우는
일은 끝내 스스로를 찾는 길이면서 뜻밖에도 세상의 다른
출구를 만나는 행운이었다고 고백한다.

　　남녘 바다로 웃자라
　　섬과 바다에 휘말린 뭍의 운명으로
　　겨우내 꽃을 단 옷깃 매만져도 웃지 못하는
　　동백, 얼어버린 우리의 피는
　　지워지지 않는 기억의 연좌제에
　　정T의 표적이 되어

댕강
댕강
발아래 붉디붉은 흔적을 남겼소
질긴 기억의 상처가 덧나는 순간이오

깨어나지 않는 우리의 꿈이여
지켜지지 않는 우리의 약속이여

풀리리라 봄이 되면
단단히 조여 맸던 가슴 싸개 풀 듯
한 겹 또 한 겹 풀리리라

그렇게 또 봄이 가오
—「동백의 시선」부분

시 창작은 잃어버린 마음을 챙기고 기억해내는 일이다.
조숙진에게 또 하나의 기억은 1019여순사건이다. 지역
에서 시를 쓰는 사람으로서 여순사건은 제쳐둘 수 없는 책
무일 것이다. 기억의 여순1019사건은 미완의 역사로 아득
한 기억의 거리에 있는 아픔이 아니라 아직 마음을 내려놓
을 수 없는 현재진행형의 아픔으로 공존하고 있다.
'그렇게 또 봄이 가오'
지금도 여순사건은 동백꽃으로 상징화 되어, 가슴에서
가슴으로 안겨 있어 해를 더할수록 '질긴 기억의 상처가 덧
나는 깨어나지 않은 꿈, 지켜지지 않은 약속'으로 자리하고
있다.

그리도 희망을 잃지 않은 것은 봄이 되면 풀릴 것이라 믿음의 시선이 있기 때문이다.

검은색도 흰색도 회색의 시대에 서 있었던 시민들이 국가 폭력에 의해 흰색이 되고 검은색이 된 가슴 아픈 비극이 아닐 수 없다.(「회색시대」)

뜨겁게 녹여 뽑아내야 할 아버지의 굳은 옹이가 자꾸 낮아지는 처마 밑에 아직도 웅크리고 앉아 있고(「기억의 처마」), 그날의 하나 된 아픔의 통각을 지금도 고스란히 느끼고 있다(「학교운동장」)

조숙진의 기억의 재생은 '머리'로 하는 것이 아니고 '심장'을 중심으로 '온몸'으로 밀고 나가는, 다양한 삶의 통로를 지나온 경험들과 일상의 서사가 스며들어 비로소 빛을 내는 세상읽기다.

몇 편의 시를 통해 조숙진의 시를 이해한다는 것은 내 언어의 한계를 확인할 뿐이라는 점에서 아쉽다.

그럼에도 조숙진의 인문과 자연의 통섭으로 서정을 확보해 가는 아르떼와, 일상을 재발견함으로써 서정의 상상력을 확장해가는 공감법, 그리고 기억의 회로를 더듬어서 낯선 상상력으로 확장하여 새로운 서정으로 안내하는 지혜로운 유추의 시 정신을 확인할 수 있었다.

지혜롭다는 것은 자유자재로 시간과 공간, 가치관을 가로질러 건너다니는 일이다.

자연의 객관성을 디딤돌로 시간과 공간을 초월하여 삶의 표징을 포착해내는 협업을 위한 여정으로서의 자연과 인간과 시간과 공간의 근거를 재발견하려는 통섭적 안목이다.

통섭은 삶과 자연, 과거와 현재를 종횡무진하면서 소통하는 재발견의 길이자 보이지 않은 것을 엿보는 융합의 시쓰기다. 모든 지식의 경계를 가로질러 넘어, 기존의 틀을 깨고 이전에 없던 새로운 방식으로 대중의 소통과 공감을 이끌어내어 낯선 상상력으로 나아가는 조숙진의 지적 상상력에 매료되는 즐거운 작업이었다.

"나도 자신을 찾는 누군가에게 의미가 되는 길가의 꽃이길 바랍니다.
향기가 있어 번지고 스며드는 꽃이면 좋겠습니다."

그의 바람처럼 그의 시를 만나는 일은 더불어 사는 세상의 공감지수를 높이는 출발점이 될 것이다.

조숙진

전북 남원 출생했고, 2023년 계간 시전문지 『애지』로 등단하였으며, 애지문학회, 한국문인협회 여수지회 회원이다. 초등 교장 퇴직 후 '재미있는 말놀이' 나눔 활동 중이다.

조숙진 첫 시집 『우리, 구면이지요?』는 인문과 자연의 통섭으로 서정을 확보해 가는 아르떼와, 일상을 재발견함으로써 서정의 상상력을 확장해가는 공감법, 그리고 기억의 회로를 더듬어서 낯선 상상력으로 확장하여 새로운 서정으로 안내하는 지혜로운 유추의 시 정신으로 구축되어 있다고 할 수가 있다.

이메일   1106csc@hanmial.net

조숙진 시집

우리, 구면이지요?

발 행	2024년 6월 24일
지 은 이	조숙진
펴 낸 이	반송림
편집디자인	반송림
펴 낸 곳	도서출판 지혜, 계간시전문지 애지
기획위원	반경환
주 소	34624 대전광역시 동구 태전로 57, 2층 도서출판 지혜
전 화	042-625-1140
팩 스	042-627-1140
전자우편	eji@ji-hye.com
	ejisarang@hanmail.net
애지카페	cafe.daum.net/ejiliterature

ISBN	979-11-5728-540-2 03810
값	10,000원

 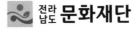

* 이 책은 전라남도, (재)전라남도문화재단의 후원을 받아 발간되었습니다.